Ernestine

Marquis de Sade

© 2024 Culturea
Texte et illustration de couverture : © domaine public (open access licence CC0 1.0 universel)
Édition et mise en page : Culturea (Hérault, 34)
Retrouvez notre catalogue sur http://culturea.fr/
Contact : infos@culturea.fr
Imprimé en Allemagne par Books on Demand Gmbh
Design typographique et layout : Derek Murphy et Reedsy
ISBN : 9791041998050
Date de parution : Avril 2024
Ce livre :
— a été composé avec une police open source libre de droits dessinée sur Open Fondry
 https://open-foundry.com/
— est édité en libre access sous licence CC0 (Creative Commons Zero) afin de conserver l'oeuvre au plus près des caractéristiques du domaine public.
— offre la possibilité à son lecteur de partager, dupliquer ou distribuer son contenu, sans restriction ni réserve.
— permet de replanter un arbre. SHS Éditions soutient Plantons Pour l'Avenir, fonds de dotation pour le reboisement des forêts françaises
400 projets de reboisement de forêts soutenus depuis 2014 à travers la France
https:/www.plantonspourlavenir.fr/

Ernestine – Nouvelle suédoise

Après l'Italie, l'Angleterre et la Russie, peu de pays en Europe me paraissaient aussi curieux que la Suède ; mais si mon imagination s'allumait au désir de voir les contrées célèbres dont sortirent autrefois les Alaric, les Attila, les Théodoric, tous ces héros enfin qui, suivis d'une foule innombrable de soldats, surent apprécier l'aigle impérieux dont les ailes aspiraient à couvrir le monde, et faire trembler les Romains aux portes mêmes de leur capitale ; si d'autre part mon âme brûlait du désir de s'enflammer dans la patrie des Gustave Vasa, des Christine et des Charles XII... tous trois fameux dans un genre bien différent sans doute, puisque l'un[1] s'illustra par cette philosophie rare et précieuse dans un souverain, par cette prudence estimable qui fait fouler aux pieds les systèmes religieux, quand ils contrarient et l'autorité du gouvernement à laquelle ils doivent être subordonnés, et le bonheur des peuples, unique objet de la législation ; la seconde par cette grandeur d'âme qui fait préférer la solitude et les lettres au vain éclat du trône... et le troisième par ces vertus héroïques, qui lui méritèrent à jamais le surnom d'Alexandre ; si tous ces différents objets m'animaient, dis-je, combien ne désirais-je pas, avec plus d'ardeur encore, d'admirer ce peuple sage, vertueux, sobre et magnanime, qu'on peut appeler le modèle du Nord !

Ce fut dans cette intention que je partis de Paris le 20 juillet 1774,

---

1 Gustave Vasa, ayant vu que le clergé romain, naturellement despote et séditieux, empiétait sur l'autorité royale et ruinait le peuple par ses vexations ordinaires, quand on ne le morigène pas, introduisit le luthéranisme en Suède, après avoir fait rendre au peuple les biens immenses que lui avaient dérobés les prêtres.

et, après avoir traversé la Hollande, la Westphalie et le Danemark, j'arrivai en Suède vers le milieu de l'année suivante.

Au bout d'un séjour de trois mois à Stockholm, mon premier objet de curiosité se porta sur ces fameuses mines, dont j'avais tant lu de descriptions, et dans lesquelles j'imaginais rencontrer peut-être quelques aventures semblables à celles que nous rapporte l'abbé Prévost, dans le premier volume de ses anecdotes ; j'y réussis… mais quelle différence !…

Je me rendis donc d'abord à Upsal, située sur le fleuve de Fyris, qui partage cette ville en deux. Longtemps la capitale de la Suède, Upsal en est encore aujourd'hui la ville la plus importante, après Stockholm. Après y avoir séjourné trois semaines, je me rendis à Falhum, ancien berceau des Scythes, dont ces habitants de la capitale de la Dalécarlie conservent encore les mœurs et le costume. Au sortir de Falhum, je gagnai la mine de Taperg, l'une des plus considérables de la Suède.

Ces mines, longtemps la plus grande ressource de l'État, tombèrent bientôt dans la dépendance des Anglais, à cause des dettes contractées par les propriétaires avec cette nation, toujours prête à servir ceux qu'elle imagine pouvoir engloutir un jour, après avoir dérangé leur commerce ou flétri leur puissance, au moyen de ses prêts usuraires.

Arrivé à Taperg, mon imagination travailla avant que de descendre dans ces souterrains où le luxe et l'avarice de quelques hommes savent en engloutir tant d'autres.

Nouvellement revenu d'Italie, je me figurais d'abord que ces carrières devaient ressembler aux catacombes de Rome ou de Naples ; je me trompais ; avec beaucoup plus de profondeur, j'y devais trouver une solitude moins effrayante.

On m'avait donné à Upsal un homme fort instruit, pour me conduire, cultivant les lettres et les connaissant bien.

Heureusement pour moi, Falkeneim (c'était son nom) parlait on ne saurait mieux l'allemand et l'anglais, seuls idiomes du Nord par lesquels je puisse correspondre avec lui ; au moyen de la première de ces langues, que nous préférâmes l'un et l'autre, nous pûmes converser sur tous les objets, et il me devint facile d'apprendre de lui l'anecdote que je vais incessamment rapporter.

À l'aide d'un panier et d'une corde, machine disposée de façon à ce que le trajet se fasse sans aucun danger, nous arrivâmes, au fond de cette mine, et nous nous trouvâmes en un instant à cent vingt toises de la surface du sol. Ce ne fut pas sans étonnement que je vis, là, des rues, des maisons, des temples, des auberges, du mouvement, des travaux, de la police, des juges, tout ce que peut offrir enfin le bourg le plus civilisé de l'Europe.

Après avoir parcouru ces habitations singulières, nous entrâmes dans une taverne, où Falkeneim obtint de l'hôte tout ce qu'il fallait pour se rafraîchir, d'assez bonne bière, du poisson sec, et une sorte de pain suédois, fort en usage à la campagne, fait avec les écorces du sapin et du bouleau, mêlées à de la paille, à quelques racines sauvages, et pétries avec de la farine d'avoine ; en faut-il plus pour satisfaire au véritable besoin ? Le philosophe qui court le monde pour s'instruire, doit s'accommoder de toutes les mœurs, de toutes les religions, de tous les temps, de tous les climats, de tous les lits, de toutes les nourritures, et laisser au voluptueux indolent de la capitale ses préjugés… son luxe… ce luxe indécent qui, ne contentant jamais les besoins réels, en crée chaque jour de factices aux dépens de la fortune et de la santé.

Nous étions sur la fin de notre repas frugal, lorsqu'un des ouvriers de la mine, en veste et culotte bleues, le chef couvert d'une mauvaise petite perruque blonde, vint saluer Falkeneim en suédois ; mon guide ayant répondu en allemand par politesse pour moi, le prisonnier (car c'en était un) s'entretint aussitôt dans cette langue. Ce malheureux, voyant que le procédé n'avait que moi pour objet, et croyant reconnaître ma patrie, me fit un compliment français, qu'il débita très correctement, puis il s'informa de Falkeneim, s'il y avait quelques nouvelles à Stockholm. Il nomma plusieurs personnes de la cour, parla du roi, et tout cela avec une sorte d'aisance et de liberté qui me le firent considérer avec plus d'attention. Il demanda à Falkeneim s'il n'imaginait pas qu'il y eût un jour quelque rémission pour lui, à quoi mon conducteur lui répondit d'une façon négative, en lui serrant la main avec affliction ; aussitôt le prisonnier s'éloigna, le chagrin dans les yeux, et sans vouloir rien accepter de nos mets, quelques instances que nous lui en fissions. Un instant après, il revint, et demanda à Falkeneim s'il voulait bien se charger d'une lettre qu'il allait se presser d'écrire ; mon compagnon promit tout, et le prisonnier sortit.

Dès qu'il fut dehors :

— Quel est cet homme ? dis-je à Falkeneim.

— Un des premiers gentilshommes de Suède, me répondit-il.

— Vous m'étonnez.

— Il est bien heureux d'être ici, cette tolérance de notre souverain pourrait se comparer à la générosité d'Auguste envers Cinna. Cet homme que vous venez de voir est le comte Oxtiern, l'un des sénateurs les plus contraires au roi, dans la révolution de 1772[2]. Il s'est rendu, depuis que tout est calme, coupable de crimes sans exemple.

Dès que les lois l'eurent condamné, le roi, se ressouvenant de la haine qu'il lui avait montrée jadis, le fit venir, et lui dit : « Comte, mes juges vous livrent à la mort… vous me proscrivîtes aussi, il y a quelques années, c'est ce qui fait que je vous sauve la vie ; je veux vous faire voir que le cœur de celui que vous ne trouviez pas digne du trône, n'était pourtant pas sans vertu. » Oxtiern tombe aux pieds de Gustave, en versant un torrent de larmes. « Je voudrais qu'il me fût possible de vous sauver tout à fait, dit le prince en le relevant, l'énormité de vos actions ne le permet pas ; je vous envoie aux mines, vous ne serez pas heureux, mais au moins vous existerez… retirez-vous. » On amena Oxtiern en ces lieux, vous venez de l'y voir ; partons, ajouta Falkeneim, il est tard, nous prendrons sa lettre en passant.

— Oh ! monsieur, dis-je alors à mon guide, dussions-nous passer huit jours ici, vous avez trop irrité ma curiosité, je ne quitte point les entrailles de la terre, que vous ne m'ayez appris le sujet qui y plonge à jamais ce malheureux ; quoique criminel, sa figure est intéressante ; il n'a pas quarante ans, cet homme ?… je voudrais le voir libre, il peut redevenir honnête.

— Honnête, lui ?… jamais… jamais.

---

2   Il est bon de se rappeler ici que, dans cette révolution, le roi était du parti populaire, et que les sénateurs étaient contre le peuple et le roi.

— De grâce, monsieur, satisfaites-moi.

— J'y consens, reprit Falkeneim, aussi bien ce délai lui donnera le temps de faire ses dépêches ; faisons-lui dire de ne se point presser, et passons dans cette chambre du fond, nous y serons plus tranquilles qu'au bord de la rue… je suis pourtant fâché de vous apprendre ces choses, elles nuiront au sentiment de pitié que ce scélérat vous inspire, j'aimerais mieux qu'il n'en perdît rien, et que vous restassiez dans l'ignorance.

— Monsieur, dis-je à Falkeneim, les fautes de l'homme m'apprennent à le connaître, je ne voyage que pour étudier ; plus il s'est écarté des digues que lui imposent les lois ou la nature, plus son étude est intéressante, et plus il est digne de mon examen et de ma compassion. La vertu n'a besoin que de culte, sa carrière est celle du bonheur… elle doit l'être, mille bras s'ouvrent pour recevoir ses sectateurs, si l'adversité les poursuit. Mais tout le monde abandonne le coupable… on rougit de lui tenir, ou de lui donner des larmes, la contagion effraye, il est proscrit de tous les cœurs, et on accable par orgueil celui qu'on devrait secourir par humanité. Où donc peut être, monsieur, un mortel plus intéressant, que celui qui, du faîte des grandeurs, est tombé tout à coup dans un abîme de maux, qui, né pour les faveurs de la fortune, n'en éprouve plus que les disgrâces… n'a plus autour de lui que les calamités de l'indigence, et dans son cœur que les pointes acérées du remords ou les serpents du désespoir ? Celui-là seul, mon cher, est digne de ma pitié ; je ne dirai point comme les sots… c'est sa faute, ou comme les cœurs froids qui veulent justifier leur endurcissement, il est trop coupable. Eh ! que m'importe ce qu'il a franchi, ce qu'il a méprisé, ce qu'il a fait ! Il est homme, il dut être faible… il est criminel, il est malheureux, je le plains… Parlez, Falkeneim, parlez, je brûle de vous entendre ; et mon honnête ami prit la parole dans les termes suivants :

— Vers les premières années de ce siècle, un gentilhomme de la religion romaine, et de nation allemande, pour une affaire qui était bien loin de le déshonorer, fut obligé de fuir sa patrie ; sachant que, quoique nous ayons abjuré les erreurs du papisme, elles sont néanmoins tolérées dans nos provinces, il arriva à Stockholm.

Jeune et bien fait, aimant le militaire, plein d'ardeur pour la gloire, il plut à Charles XII, et eut l'honneur de l'accompagner dans plusieurs de ses expéditions ; il était à la malheureuse affaire de Pultava, suivit le roi dans sa retraite de Bender, y partagea sa détention chez le Turc, et repassa en Suède avec lui.

En 1718, lorsque l'État perdit ce héros sous les murs de Frédérikshall, en Norvège, Sanders (c'est le nom du gentilhomme dont je vous parle) avait obtenu le brevet de colonel, et c'est en cette qualité qu'il se retira à Nordkoping, ville de commerce, située à quinze lieues de Stockholm, sur le canal qui joint le lac Véter à la mer Baltique, dans la province d'Ostrogothie. Sanders se maria, et eut un fils, que Frédéric Ier, et Adolphe-Frédéric accueillirent de même ; il s'avança par son propre mérite, obtint le grade de son père, et se retira, quoique jeune encore, également à Nordkoping, lieu de sa naissance, où il épousa, comme son père, la fille d'un négociant peu riche, et qui mourut douze années après avoir mis au monde Ernestine, qui fait le sujet de cette anecdote. Il y a trois ans que Sanders pouvait en avoir environ quarante-deux, sa fille en avait seize alors, et passait avec juste raison pour une des plus belles créatures qu'on eût encore vue en Suède ; elle était grande, faite à peindre, l'air noble et fier, les plus beaux yeux noirs, les plus vifs, de très grands cheveux de la même couleur, qualité rare dans nos climats ; et malgré cela, la peau la plus belle et la plus blanche ; on lui trouvait un peu de ressemblance avec la belle comtesse de Sparre, l'illustre amie de notre savante Christine, et cela était vrai.

•••

La jeune Sanders n'était pas arrivée à l'âge qu'elle avait, sans que son cœur eût déjà fait un choix ; mais ayant souvent entendu dire à sa mère combien il était cruel pour une jeune femme qui adore son mari, d'en être à tout instant séparée par les devoirs d'un état qui l'enchaîne, tantôt dans une ville, et tantôt dans une autre, Ernestine, avec l'approbation de son père, s'était déterminée en faveur du jeune Herman[3], de la même religion qu'elle, et qui, se destinant au commerce, se formait à cet état dans les comptoirs du sieur Scholtz, le plus fameux négociant de Nordkoping, et l'un des plus riches de la Suède.

Herman était d'une famille de ce même état ; mais il avait perdu ses parents fort jeune, et son père, en mourant, l'avait recommandé à Scholtz, son ancien associé ; il habitait donc ce logis ; et en ayant mérité la confiance par sa sagesse et son assiduité, il était, quoiqu'il n'eût encore que vingt-deux ans, à la tête des fonds et des livres de cette maison, lorsque le chef mourut sans enfants. Le jeune Herman se trouva dès lors sous la dépendance de la veuve, femme arrogante, impérieuse, et qui, malgré toutes les recommandations de son époux relatives à Herman, paraissait très résolue à se défaire de ce jeune homme, s'il ne répondait pas incessamment aux vues qu'elle avait formées sur lui. Herman, absolument fait pour Ernestine, aussi bel homme pour le moins qu'elle était belle femme, l'adorant autant qu'il en était chéri, pouvait sans doute inspirer de l'amour à la veuve

---

3   Il est essentiel de prévenir que toutes les lettres se prononcent dans les noms du Nord, que l'on ne dit point négligemment Herman, Sanders, Scholtz, mais qu'il faut dire comme s'il y avait Herman-e, Sander-ce, Scholt-ce, etc.

Scholtz, femme de quarante ans, et très fraîche encore : mais ayant le cœur engagé, rien de plus simple qu'il ne répondît point à cette prévention de sa patronne, et que, quoiqu'il se doutât de l'amour qu'elle avait pour lui, il affectât prudemment de ne s'en point apercevoir.

Cependant cette passion alarmait Ernestine Sanders ; elle connaissait Mme Scholtz pour une femme hardie, entreprenante, d'un caractère jaloux, emporté ; une telle rivale l'inquiétait prodigieusement. Il s'en fallait bien, d'ailleurs, qu'elle fût pour Herman un aussi bon parti que la Scholtz ; rien, de la part du colonel Sanders, quelque chose à la vérité du côté de la mère ; mais cela pouvait-il se comparer à la fortune considérable que la Scholtz pouvait faire à son jeune caissier ?

Sanders approuvait le choix de sa fille ; n'ayant d'autre enfant qu'elle, il l'adorait, et, sachant qu'Herman avait du bien, de l'intelligence, de la conduite, et que, de plus, il possédait le cœur d'Ernestine, il était loin d'apporter obstacle à un arrangement aussi convenable ; mais la fortune ne veut pas toujours ce qui est bien. Il semble que son plaisir soit de troubler les plus sages projets de l'homme, afin qu'il puisse retirer de cette inconséquence, des leçons faites pour lui apprendre à ne jamais compter sur rien dans un monde dont l'instabilité et le désordre sont les lois les plus sûres.

— Herman, dit un jour la veuve Scholtz au jeune amant d'Ernestine, vous voilà suffisamment formé dans le commerce pour prendre un parti ; les fonds que vos parents vous laissèrent ont, par les soins de mon époux et les miens, profité plus qu'il ne faut pour vous mettre maintenant à votre aise ; prenez une maison, mon ami, je veux me retirer bientôt ; nous ferons nos comptes au premier moment.

— À vos ordres, madame, dit Herman ; vous connaissez ma probité, mon désintéressement ; je suis aussi tranquille sur les fonds que vous avez à moi, que vous devez l'être sur ceux que je régis chez vous.

— Mais, Herman, n'avez-vous donc aucun projet d'établissement ?

— Je suis jeune encore, madame.

— Vous n'en êtes que plus propre à convenir à une femme sensée ; je suis certaine qu'il en est dont vous feriez bien sûrement le bonheur.

— Je veux avoir une fortune plus considérable, avant que d'en venir là.

— Une femme vous aiderait à la faire.

— Quand je me marierai, je veux qu'elle soit faite, afin de n'avoir plus à m'occuper que de mon épouse et de mes enfants.

— C'est-à-dire qu'il n'est aucune femme que vous ayez distinguée d'une autre ?

— Il en est une dans le monde que je chéris comme ma mère, et mes services sont voués à celle-là, aussi longtemps qu'elle daignera les accepter.

— Je ne vous parle point de ces sentiments, mon ami, j'en suis reconnaissante, mais ce ne sont pas ceux-là qu'il faut en mariage. Herman, je vous demande si vous n'avez pas en vue quelque personne avec laquelle vous vouliez partager votre sort ?

— Non, madame.

— Pourquoi donc êtes-vous toujours chez Sanders ? Qu'allez-vous éternellement faire dans la maison de cet homme ? Il est militaire, vous êtes commerçant ; voyez les gens de votre état, mon ami, et laissez ceux qui n'en sont pas.

— Madame sait que je suis catholique, le colonel l'est aussi, nous nous réunissons pour prier… pour aller ensemble aux chapelles qui nous sont permises.

— Je n'ai jamais blâmé votre religion, quoique je n'en sois pas ; parfaitement convaincue de l'inutilité de toutes ces fadaises, de quelque genre qu'elles pussent être, vous savez, Herman, que je vous ai toujours laissé très en paix sur cet article.

— Eh bien ! madame, la religion… voilà pourquoi je vais quelquefois chez le colonel.

— Herman, il est une autre cause à ces visites fréquentes, et vous me la cachez : vous aimez Ernestine… cette petite fille qui, selon moi, n'a ni figure ni esprit, quoique toute la ville en parle comme d'une des merveilles de la Suède… oui, Herman, vous l'aimez… vous l'aimez, vous dis-je, je le sais.

— Mlle Ernestine Sanders pense bien à moi, je crois, madame…
sa naissance… son état… Savez-vous, madame, que son aïeul, le
colonel Sanders, ami de Charles XII, était un très bon gentilhomme
de Westphalie ?

— Je le sais.

— Eh bien ! madame, ce parti-là saurait-il donc me convenir ?

— Aussi vous assuré-je, Herman, qu'il ne vous convient
nullement ; il vous faut une femme faite, une femme qui pense à
votre fortune, et qui la soigne, une femme de mon âge et de mon état,
en un mot.

Herman rougit, il se détourne… Comme dans ce moment on
apportait le thé, la conversation fut interrompue, et Herman, après le
déjeuner, va reprendre ses occupations.

— Ô ma chère Ernestine ! dit le lendemain Herman à la jeune
Sanders, il n'est que trop vrai que cette cruelle femme a des vues sur
moi ; je n'en puis plus douter ; vous connaissez son humeur, sa
jalousie, son crédit dans la ville[4] ; Ernestine, je crains tout. Et comme
le colonel entrait, les deux amants lui firent part de leurs
appréhensions.

Sanders était un ancien militaire, un homme de fort bon sens qui,
ne se souciant pas de se faire des tracasseries dans la ville, et voyant
bien que la protection qu'il accordait à Herman allait attirer contre lui
la Scholtz et tous les amis de cette femme, crut devoir conseiller aux
jeunes gens de céder aux circonstances ; il fit entrevoir à Herman que
la veuve dont il dépendait devenait au fond un bien meilleur parti
qu'Ernestine, et qu'à son âge, il devait estimer infiniment plus les
richesses que la figure :

— Ce n'est pas, mon cher, continua le colonel, que je vous refuse
ma fille… je vous connais, je vous estime, vous avez le cœur de celle
que vous adorez ; je consens donc à tout, sans doute, mais je serais
désolé de vous avoir préparé des regrets ; vous êtes jeunes tous
deux ; on ne voit que l'amour à votre âge, on s'imagine qu'il doit
nous faire vivre ; on se trompe, l'amour languit sans la richesse, et le
choix qu'il a dirigé seul est bientôt suivi de remords.

---

4   Nordkoping est une ville absolument de commerce, où, par conséquent, une
     femme comme Mme Scholtz, à la tête d'une des plus riches maisons de la
     Suède, devait tenir le premier rang.

— Mon père, dit Ernestine, en se jetant aux pieds de Sanders… respectable auteur de mes jours, ne m'enlevez pas l'espérance d'être à mon cher Herman ! Vous me promîtes sa main, dès l'enfance… Cette idée fait toute ma joie, vous ne me l'arracheriez pas sans me causer la mort ; je me suis livrée à cet attachement, il est si doux de voir ses sentiments approuvés de son père ; Herman trouvera dans l'amour qu'il a pour moi toute la force nécessaire à résister aux séductions de la Scholtz… Ô mon père ! ne nous abandonnez pas !

— Relève-toi, ma fille, dit le colonel, je t'aime… je t'adore… puisque Herman fait ton bonheur, et que vous vous convenez tous deux, rassure-toi, chère fille, tu n'auras jamais d'autre époux… et, dans le fait, il ne doit rien à cette femme ; la probité… le zèle d'Herman l'acquittent du côté de la reconnaissance, il n'est pas obligé de se sacrifier pour lui plaire… mais il faudrait tâcher de ne se brouiller avec personne…

— Monsieur, dit Herman, en pressant le colonel dans ses bras, vous qui me permettez de vous nommer mon père, que ne vous dois-je pas pour les promesses qui viennent d'émaner de votre cœur !… oui, je mériterai ce que vous faites pour moi ; perpétuellement occupé de vous et de votre chère fille, les plus doux instants de ma vie s'emploieront à consoler votre vieillesse… Mon père, ne vous inquiétez pas… nous ne nous ferons point d'ennemis, je n'ai contracté aucun engagement avec la Scholtz ; en lui rendant ses comptes dans le meilleur ordre, et lui redemandant les miens, que peut-elle dire ?…

— Ah ! mon ami, tu ne connais pas les individus que tu prétends braver ! reprenait le colonel, agité d'une sorte d'inquiétude dont il n'était pas le maître ; il n'y a pas une seule espèce de crime qu'une méchante femme ne se permette, quand il s'agit de venger ses charmes des dédains d'un amant ; cette malheureuse fera retomber jusque sur nous les traits envenimés de sa rage, et ce seront des cyprès qu'elle nous fera cueillir, Herman, au lieu des roses que tu espères.

Ernestine et celui qu'elle aimait passèrent le reste du jour à tranquilliser Sanders, à détruire ses craintes, à lui promettre le bonheur, à lui en présenter sans cesse les douces images ; rien n'est persuasif comme l'éloquence des amants ; ils ont une logique du cœur qui n'égala jamais celle de l'esprit. Herman soupa chez ses tendres amis, et se retira de bonne heure, l'âme enivrée d'espérance et de joie.

Environ trois mois se passèrent ainsi, sans que la veuve s'expliquât davantage, et sans qu'Herman osât prendre sur lui de proposer une séparation ; le colonel faisait entendre au jeune homme que ces délais n'avaient aucun inconvénient ; Ernestine était jeune, et son père n'était pas fâché de réunir à la petite dot qu'elle devait avoir, la succession d'une certaine veuve Plorman, sa tante, qui demeurait à Stockholm et, qui, déjà d'un certain âge, pouvait mourir à chaque instant.

Cependant la Scholtz, impatiente, et trop adroite pour ne pas démêler l'embarras de son jeune caissier, prit la parole la première, et lui demanda s'il avait réfléchi sur ce qu'elle lui avait dit, la dernière fois qu'ils avaient causé ensemble.

— Oui, répondit l'amant d'Ernestine, et si c'est d'une reddition de comptes et d'une séparation dont Madame veut parler, je suis à ses ordres.

— Il me semble, Herman, que ce n'était pas tout à fait cela dont il s'agissait.

— Et de quoi donc, madame ?

— Je vous demandais si vous ne désiriez pas de vous établir, et si vous n'aviez pas fait choix d'une femme qui pût vous aider à tenir votre maison.

— Je croyais avoir répondu que je voulais une certaine fortune avant de me marier.

— Vous l'avez dit, Herman, mais je ne l'ai pas cru ; et, dans ce moment-ci, toutes les impressions de votre figure annoncent le mensonge dans votre âme.

— Ah ! jamais la fausseté ne la souilla, madame, et vous le savez bien. Je suis près de vous depuis mon enfance, vous avez daigné me tenir lieu de la mère que j'ai perdue ; ne craignez point que ma reconnaissance puisse ou s'éteindre ou s'affaiblir.

— Toujours de la reconnaissance, Herman, j'aurais voulu de vous un sentiment plus tendre.

— Mais, madame, dépend-il de moi… ?

— Traître, est-ce là ce qu'avaient mérité mes soins ? Ton ingratitude m'éclaire ; je le vois… je n'ai travaillé que pour un monstre… je ne le cache plus, Herman, c'est à ta main que j'aspirais depuis que je suis veuve… L'ordre que j'ai mis dans tes affaires… la façon dont j'ai fait fructifier tes fonds… ma conduite envers toi… mes yeux, qui m'ont trahie sans doute, tout… tout, perfide, tout te convainquait assez de ma passion : et voilà donc comme elle sera payée ? par de l'indifférence et des mépris !… Herman, tu ne connais pas la femme que tu outrages… Non, tu ne sais pas de quoi elle est capable… tu l'apprendras peut-être trop tard… Sors à l'instant… oui, sors… prépare tes comptes, Herman, je vais te rendre les miens, et nous nous séparerons… oui, nous nous séparerons… tu ne seras point en peine d'un logement, la maison de Sanders est déjà sans doute préparée pour toi.

Les dispositions dans lesquelles paraissait Mme Scholtz firent aisément sentir à notre jeune amant qu'il était essentiel de cacher sa flamme, pour ne pas attirer sur le colonel le courroux et la vengeance de cette créature dangereuse. Herman se contenta donc de répondre avec douceur que sa protectrice se trompait, et que le désir qu'il avait de ne point se marier avant d'être plus riche n'annonçait assurément nul projet sur la fille du colonel.

— Mon ami, dit à cela Mme Scholtz, je connais votre cœur comme vous-même ; il serait impossible que votre éloignement pour moi fût aussi marqué, si vous ne brûliez pas pour une autre ; quoique je ne sois plus de la première jeunesse, croyez-vous qu'il ne me reste pas encore assez d'attraits pour trouver un époux ? Oui, Herman, oui, vous m'aimeriez, sans cette créature que j'abhorre, et sur laquelle je me vengerai de vos dédains. Herman frémit.

Il s'en fallait bien que le colonel Sanders, peu à son aise et retiré du service, eût autant de prépondérance dans Nordkoping que la veuve Scholtz ; la considération de celle-ci s'étendait fort loin, pendant que l'autre, déjà oublié, n'était plus vu, parmi des hommes qui, en Suède comme partout, n'estiment les gens qu'en raison de leur faveur ou de leur richesse, n'était plus regardé, dis-je, que comme un simple particulier que le crédit et l'or pouvaient facilement écraser, et Mme Scholtz, comme toutes les âmes basses, avait eu bientôt fait ce calcul.

Herman prit donc sur lui bien plus encore qu'il n'avait fait, il se jeta aux genoux de Mme Scholtz, il la conjura de s'apaiser, l'assura qu'il n'avait aucun sentiment dans le cœur qui pût nuire à ce qu'il devait à celle dont il avait reçu tant de biens, et qu'il la suppliait de ne point penser encore à cette séparation dont elle le menaçait. Dans l'état actuel où la Scholtz savait qu'était l'âme de ce jeune homme, il était difficile qu'elle pût en attendre mieux, elle espéra donc tout du temps, du pouvoir de ses charmes, et se calma.

Herman ne manqua point de faire part au colonel de cette dernière conversation, et cet homme sage, redoutant toujours les tracasseries et le caractère dangereux de la Scholtz, essaya de persuader encore au jeune homme qu'il ferait mieux de céder aux intentions de sa patronne, que de persister pour Ernestine ; mais les deux amants mirent en usage de nouveau tout ce qu'ils crurent de plus capable de rappeler au colonel les promesses qu'il leur avait faites, et pour l'engager à ne s'en jamais relâcher.

Il y avait environ six mois que les choses étaient en cet état, lorsque le comte Oxtiern, ce scélérat que vous venez de voir dans les fers, où il gémit depuis plus d'un an, et où il est pour toute sa vie, fut obligé de venir de Stockholm à Nordkoping, pour retirer des fonds considérables placés chez Mme Scholtz par son père, dont il venait d'hériter. Celle-ci, connaissant l'état du comte, fils d'un sénateur, et sénateur lui-même, lui avait préparé le plus bel appartement de sa maison, et se disposait à le recevoir avec tout le luxe que lui permettaient ses richesses.

Le comte arriva ; et, dès le lendemain, son élégante hôtesse lui donna le plus grand souper, suivi d'un bal, où devaient être les plus jolies personnes de la ville ; on n'oublia point Ernestine ; ce n'était pas sans quelque inquiétude qu'Herman la vit décidée à y venir ; le comte verrait-il une aussi belle personne, sans lui rendre à l'instant l'hommage qui lui était dû ? que n'aurait point Herman à redouter d'un tel rival ? dans la supposition de ce malheur, Ernestine aurait-elle plus de force, refuserait-elle de devenir l'épouse d'un des plus grands seigneurs de Suède ? De ce fatal arrangement ne naîtrait-il pas une ligue décidée contre Herman et contre Ernestine, dont les chefs puissants seraient Oxtiern et la Scholtz ? et quels malheurs n'en devait pas redouter Herman ? lui, faible et malheureux, résisterait-il aux armes de tant d'ennemis conjurés contre sa frêle existence ? Il fit part de ces réflexions à sa maîtresse ; et cette fille honnête, sensible et délicate, prête à sacrifier de si frivoles plaisirs aux sentiments qui l'embrasaient, proposa à Herman de refuser la Scholtz ; le jeune homme était assez de cet avis ; mais comme, dans ce petit cercle d'honnêtes gens, rien ne se faisait sans l'aveu de Sanders, on le consulta, et il fut loin de cette opinion. Il représenta que le refus de l'invitation de la Scholtz entraînait inévitablement une rupture avec elle ; que cette femme adroite ne serait pas longtemps à dévoiler les raisons d'un tel procédé, et que, dans la circonstance où il paraissait le plus essentiel de la ménager davantage, c'était l'irriter le plus certainement.

Ernestine ose demander alors à celui qu'elle aime, ce qu'il peut donc appréhender, et elle ne lui cache point la douleur où la plongent de pareils soupçons.

— Ô mon ami ! dit cette intéressante fille, en pressant les mains d'Herman, les individus les plus puissants de l'Europe fussent-ils tous à cette assemblée, dussent-ils tous s'enflammer pour ta chère Ernestine, doutes-tu que la réunion de ces cultes pût former autre chose qu'un hommage de plus à son vainqueur ?

Ah ! ne crains rien, Herman, celle que tu as séduite ne saurait brûler pour un autre ; fallût-il vivre avec toi dans l'esclavage, je préférerais ce sort à celui du trône même ; toutes les prospérités de la terre peuvent-elles exister pour moi dans d'autres bras que ceux de mon amant !… Herman, rends-toi donc justice, peux-tu soupçonner que mes yeux aperçoivent à ce bal aucun mortel qui puisse te valoir ? laisse à mon cœur le soin de t'apprécier, mon ami, et tu seras toujours le plus aimable des êtres, comme tu en es le plus aimé.

•••

Herman baisa mille fois les mains de sa maîtresse, il cessa de témoigner des craintes, mais il n'en guérit pas ; il est dans le cœur d'un homme qui aime, de certains pressentiments qui trompent bien peu ; Herman les éprouva, il les fit taire, et la belle Ernestine parut au cercle de Mme Scholtz, comme la rose au milieu des fleurs ; elle avait pris l'ajustement des anciennes femmes de sa patrie ; elle était vêtue à la manière des Scythes, ses traits nobles et fiers, singulièrement rehaussés par cette parure, sa taille fine et souple, infiniment mieux marquée sous ce juste sans pli qui dessinait ses formes, ses beaux cheveux flottants sur son carquois, cet arc qu'elle tenait à la main… tout lui donnait l'air de l'Amour déguisé sous les traits de Bellone, et l'on eût dit que chacune des flèches qu'elle portait avec tant de grâce devait, en atteignant les cœurs, les enchaîner bientôt sous son céleste empire.

Si le malheureux Herman ne vit pas Ernestine entrer sans frémir, Oxtiern de son côté ne l'aperçut pas sans une émotion si vive, qu'il fut quelques minutes sans pouvoir s'exprimer. Vous avez vu Oxtiern, il est assez bel homme ; mais quelle âme enveloppa la nature sous cette trompeuse écorce ! Le comte, fort riche, et maître depuis peu de toute sa fortune, ne soupçonnait aucune borne à ses fougueux désirs, tout ce que la raison ou les circonstances pouvaient leur apporter d'obstacles ne devenait qu'un aliment de plus à leur impétuosité ; sans principes comme sans vertu, encore imbu des préjugés d'un corps dont l'orgueil venait de lutter contre le souverain même, Oxtiern s'imaginait que rien au monde ne pouvait imposer de frein à ses passions ; or, de toutes celles qui l'enflammaient, l'amour était la plus impétueuse ; mais ce sentiment, presque une vertu dans une belle âme, doit devenir la source de bien des crimes dans un cœur corrompu comme celui d'Oxtiern.

Cet homme dangereux n'eut pas plus tôt remarqué notre belle héroïne, qu'il conçut aussitôt le perfide dessein de la séduire ; il dansa beaucoup avec elle, se plaça près d'elle au souper, et témoigna si clairement enfin les sentiments qu'elle lui inspirait, que toute la ville ne douta plus qu'elle ne devînt bientôt ou la femme, ou la maîtresse d'Oxtiern.

On ne rend point la cruelle situation d'Herman pendant que toutes ces choses se passaient ; il avait été au bal ; mais voyant sa maîtresse dans une faveur si éclatante, lui avait-il été possible d'oser même un instant l'aborder ? Ernestine n'avait assurément point changé pour Herman, mais une jeune fille peut-elle se défendre de l'orgueil ? Peut-elle ne pas s'enivrer un instant des hommages publics ? et cette vanité que l'on caresse en elle, en lui prouvant qu'elle peut être adorée de tous, n'affaiblit-elle pas le désir qu'elle avait, avant, de n'être sensible qu'aux flatteries d'un seul ? Ernestine vit bien qu'Herman était inquiet ; mais Oxtiern était à son char, toute l'assemblée la louait et l'orgueilleuse Ernestine ne sentit pas, comme elle l'aurait dû, le chagrin dont elle accablait son malheureux amant. Le colonel fut également comblé d'honneurs, le comte lui parla beaucoup, il lui offrit ses services à Stockholm, l'assura que, trop jeune encore pour se retirer, il devait se faire attacher à quelque corps, et achever de courir les grades, auxquels ses talents et sa naissance devaient le faire aspirer, qu'il le servirait en cela comme dans tout ce qu'il pourrait désirer à la cour, qu'il le suppliait de ne le pas ménager, et qu'il regarderait comme autant de jouissances personnelles à lui, chacun des services qu'un si brave homme le mettrait à même de lui rendre. Le bal cessa avec la nuit, et l'on se retira.

Dès le lendemain le sénateur Oxtiern pria Mme Scholtz de lui donner les plus grands détails sur cette jeune Scythe, dont l'image avait été toujours présente à ses sens depuis qu'il l'avait aperçue. – C'est la plus belle fille que nous ayons à Nordkoping, dit la négociante, enchantée de voir que le comte, en traversant les amours d'Herman, lui rendrait peut-être le cœur de ce jeune homme ; en vérité, sénateur, il n'est point dans tout le pays une fille qu'on puisse comparer à celle-là.

— Dans le pays, s'écria le comte, il n'y en a pas dans l'Europe, madame !… et que fait-elle, que pense-t-elle ?… qui l'aime ?… qui l'adore, cette créature céleste ? quel est celui qui prétendra me disputer la possession de ses charmes ?

— Je ne vous parlerai point de sa naissance, vous savez qu'elle est fille du colonel Sanders, homme de mérite et de qualité ; mais ce que vous ignorez peut-être, et ce qui vous affligera, d'après les sentiments que vous montrez pour elle, c'est qu'elle est à la veille d'épouser un jeune caissier de ma maison, dont elle est éperdument amoureuse, et qui la chérit pour le moins autant.

— Une telle alliance pour Ernestine ! s'écria le sénateur… Cet ange devenir la femme d'un caissier !… cela ne sera point, madame, cela ne sera point : vous devez vous réunir à moi pour qu'une alliance aussi ridicule n'ait pas lieu. Ernestine est faite pour briller à la cour, et je veux l'y faire paraître sous mon nom.

— Mais point de bien, comte !… la fille d'un pauvre gentilhomme… d'un officier de fortune !

— Elle est la fille des dieux, dit Oxtiern hors de lui, elle doit habiter leur séjour.

— Ah ! sénateur, vous mettrez au désespoir le jeune homme dont je vous ai parlé ; peu de tendresses sont aussi vives… peu de sentiments aussi sincères.

— La chose du monde qui m'embarrasse le moins, madame, est un rival de cette espèce, des êtres de cette infériorité doivent-ils alarmer mon amour ? vous m'aiderez à trouver les moyens d'éloigner cet homme, et s'il n'y consent pas de bonne grâce… laissez-moi faire, madame Scholtz, laissez-moi faire, nous nous débarrasserons de ce faquin.

La Scholtz applaudit, et bien loin de refroidir le comte, elle ne lui présente que de ces sortes d'obstacles faciles à vaincre, et dont le triomphe irrite l'amour.

Mais pendant que tout ceci se passe chez la veuve, Herman est aux pieds de sa maîtresse.

— Eh ! ne l'avais-je pas dit, Ernestine, s'écrie-t-il en larmes, ne l'avais-je pas prévu, que ce maudit bal nous coûterait bien des peines ? Chacun des éloges que vous prodiguait le comte était autant de coups de poignard dont il déchirait mon cœur, doutez-vous maintenant qu'il ne vous adore, et ne s'est-il pas assez déclaré ?

— Que m'importe, homme injuste ? reprit la jeune Sanders en apaisant de son mieux l'objet de son unique amour, que m'importe l'encens qu'il plaît à cet homme de m'offrir, dès que mon cœur n'appartient qu'à toi ? As-tu donc cru que j'étais flattée de son hommage ?

— Oui, Ernestine, je l'ai cru, et je ne me suis pas trompé, vos yeux brillaient de l'orgueil de lui plaire, vous n'étiez occupée que de lui.

— Ces reproches me fâchent, Herman, ils m'affligent dans vous, je vous croyais assez de délicatesse pour ne devoir pas même être effrayé ; eh bien ! confiez vos craintes à mon père, et que notre hymen se célèbre dès demain, j'y consens.

Herman saisit promptement ce projet ; il entre chez Sanders avec Ernestine, et, se jetant dans les bras du colonel, il le conjure, par tout ce qu'il a de plus cher, de vouloir bien ne plus mettre d'obstacles à son bonheur.

Moins balancé par d'autres sentiments, l'orgueil avait fait, sur le cœur de Sanders, bien plus de progrès encore que dans celui d'Ernestine ; le colonel, rempli d'honneur et de franchise, était bien loin de vouloir manquer aux engagements qu'il avait pris avec Herman ; mais la protection d'Oxtiern l'éblouissait. Il s'était fort bien aperçu du triomphe de sa fille sur l'âme du sénateur ; ses amis lui avaient fait entendre que si cette passion avait les suites légitimes qu'il en devait espérer, sa fortune en deviendrait le prix infaillible. Tout cela l'avait tracassé pendant la nuit, il avait bâti des projets, il s'était livré à l'ambition ; le moment, en un mot, était mal choisi, Herman n'en pouvait prendre un plus mauvais ; Sanders se garda pourtant bien de refuser ce jeune homme, de tels procédés étaient loin de son cœur ; ne pouvait-il pas, d'ailleurs, avoir bâti sur le sable ? Qui lui garantissait la réalité des chimères dont il venait de se nourrir ? il se rejeta donc sur ce qu'il avait coutume d'alléguer… la jeunesse de sa fille, la succession attendue de la tante Plorman, la crainte d'attirer, contre Ernestine et lui, toute la vengeance de la Scholtz qui, maintenant, étayée par le sénateur Oxtiern, n'en deviendrait que plus à redouter. Le moment où le comte était dans la ville était-il d'ailleurs celui qu'il fallait choisir ? Il semblait inutile de se donner en spectacle, et si vraiment la Scholtz devait s'irriter de ce parti, l'instant où elle se trouvait soutenue des faveurs du comte serait assurément celui où elle pourrait être la plus dangereuse. Ernestine fut plus pressante que jamais, son cœur lui faisait quelques reproches de sa conduite de la veille, elle était bien aise de prouver à son ami que le refroidissement n'entrait pour rien dans ses torts ; le colonel, en suspens, peu accoutumé à résister aux instances de sa fille, ne lui demanda que d'attendre le départ du sénateur, et promit qu'après, il serait le premier à lever toutes les difficultés, et à voir même la Scholtz, si cela devenait nécessaire, pour la calmer, ou pour l'engager à l'apurement des comptes, sans la reddition desquels le jeune Herman ne pouvait pas décemment se séparer de sa patronne.

Herman se retira peu content, rassuré néanmoins sur les sentiments de sa maîtresse, mais dévoré d'une sombre inquiétude que rien ne pouvait adoucir ; à peine était-il sorti que le sénateur parut chez Sanders ; il était conduit par la Scholtz, et venait, disait-il, rendre ses devoirs au respectable militaire, qu'il se félicitait d'avoir connu dans son voyage, et lui demander la permission de saluer l'aimable Ernestine. Le colonel et sa fille reçurent ces politesses comme ils le devaient ; la Scholtz, déguisant sa rage et sa jalousie, parce qu'elle voyait naître en foule tous les moyens de servir ces cruels sentiments de son cœur, combla le colonel d'éloges, caressa beaucoup Ernestine, et la conversation fut aussi agréable qu'elle pouvait l'être dans les circonstances.

Plusieurs jours se passèrent ainsi, pendant lesquels Sanders et sa fille, la Scholtz et le comte, se firent de mutuelles visites, mangèrent réciproquement les uns chez les autres, et tout cela sans que le malheureux Herman fût jamais d'aucune de ces parties de plaisir.

Oxtiern, pendant cet intervalle, n'avait perdu aucune occasion de parler de son amour, et il devenait impossible à Mlle Sanders de douter que le comte ne brûlât pour elle de la plus ardente passion ;

mais le cœur d'Ernestine l'avait garantie, et son extrême amour pour Herman ne lui permettait plus de se laisser prendre une seconde fois aux pièges de l'orgueil ; elle rejetait tout, se refusait à tout, ne paraissait que contrainte et rêveuse, aux fêtes où elle était entraînée, et ne revenait jamais des unes sans supplier son père de ne plus l'entraîner aux autres ; il n'était plus temps, Sanders qui, comme je vous l'ai dit, n'avait pas les mêmes raisons que sa fille pour résister aux appâts d'Oxtiern, s'y laissa prendre avec facilité ; il y avait eu des conversations secrètes entre la Scholtz, le sénateur et le colonel, on avait achevé d'éblouir le malheureux Sanders, et l'adroit Oxtiern, sans jamais trop se compromettre, sans jamais assurer sa main, faisant seulement apercevoir qu'il faudrait bien qu'un jour les choses en vinssent là, avait tellement séduit Sanders, que non seulement il avait obtenu de lui de se refuser aux poursuites d'Herman, mais qu'il l'avait même décidé à quitter le séjour solitaire de Nordkoping, pour venir jouir à Stockholm du crédit qu'il lui assurait, et des faveurs dont il avait dessein de le combler.

Ernestine, qui voyait bien moins son amant depuis tout cela, ne cessait pourtant de lui écrire ; mais, comme elle le connaissait capable d'un éclat, et qu'elle voulait éviter des scènes, elle lui déguisait de son mieux tout ce qui se passait. Elle n'était pas encore bien certaine, d'ailleurs, de la faiblesse de son père avant que de rien assurer à Herman, elle se résolut d'éclaircir.

Elle entre un matin chez le colonel.

— Mon père, dit-elle avec respect, il paraît que le sénateur est pour longtemps à Nordkoping ; cependant vous avez promis à Herman que vous nous réuniriez bientôt : me permettez-vous de vous demander si vos résolutions sont les mêmes ?... et de quelle nécessité il est d'attendre le départ du comte, pour célébrer un hymen que nous désirons tous avec autant d'ardeur ?

— Ernestine, dit le colonel, asseyez-vous, et écoutez-moi. Tant que j'ai cru, ma fille, que votre bonheur et votre fortune pouvaient se rencontrer avec le jeune Herman, loin de m'y opposer, sans doute, vous avez vu avec quel empressement je me suis prêté à vos désirs ; mais dès qu'un sort plus heureux vous attend, Ernestine, pourquoi voulez-vous que je vous sacrifie ?

— Un sort plus heureux, dites-vous ? si c'est mon bonheur que vous cherchez, mon père, ne le supposez jamais ailleurs qu'avec mon cher Herman, il ne peut être certain qu'avec lui : n'importe, je crois démêler vos projets... j'en frémis... ah ! daignez ne pas m'en rendre la victime.

— Mais, ma fille, mon avancement tient à ces projets.

— Oh ! mon père, si le comte ne se charge de votre fortune qu'en obtenant ma main... soit, vous jouirez, j'en conviens, des honneurs que l'on vous promet, mais celui qui vous les vend ne jouira pas de ce qu'il en espère, je mourrai avant que d'être à lui.

— Ernestine, je vous supposais l'âme plus tendre... je croyais que vous saviez mieux aimer votre père.

— Ah ! cher auteur de mes jours, je croyais que votre fille vous était plus précieuse, que... Malheureux voyage !... infâme séducteur !... nous étions tous heureux avant que cet homme ne parût ici... un seul obstacle se présentait, nous l'aurions vaincu ; je ne redoutais rien, tant que mon père était pour moi ; il m'abandonne, il ne me reste plus qu'à mourir...

Et la malheureuse Ernestine, plongée dans sa douleur, poussait des gémissements qui eussent attendri les âmes les plus dures.

— Écoute, ma fille, écoute, avant que de t'affliger, dit le colonel, en essuyant par ses caresses les larmes qui couvraient Ernestine, le comte veut faire mon bonheur, et quoiqu'il ne m'ait pas dit positivement qu'il en exigeait ta main pour prix, il est pourtant facile de comprendre que tel est son unique objet. Il est sûr, à ce qu'il prétend, de me rattacher au service ; il exige que nous allions habiter Stockholm, il nous y promet le sort le plus flatteur, et, dès mon arrivée dans cette ville, lui-même veut, dit-il, venir au-devant de moi avec un brevet de mille ducats[5] de pension dû à mes services... à ceux de mon père, et que la cour, ajoute-t-il, m'aurait accordé depuis longtemps, si nous eussions eu le moindre ami dans la capitale qui eût parlé pour nous. Ernestine... veux-tu perdre toutes ces faveurs ? prétends-tu donc manquer ta fortune et la mienne ?

— Non, mon père, répondit fermement la fille de Sanders, non ; mais j'exige de vous une grâce, c'est de mettre, avant tout, le comte à

____

5   Le ducat, en Suède, vaut quelques sols de moins que notre gros écu.

une épreuve à laquelle je suis sûre qu'il ne résistera pas ; s'il veut vous faire tout le bien qu'il dit, et qu'il soit honnête, il doit continuer son amitié sans le plus léger intérêt ; s'il y met des conditions, il y a tout à craindre dans sa conduite ; de ce moment, elle est personnelle, de ce moment, elle peut être fausse ; ce n'est plus votre ami qu'il est, c'est mon séducteur.

— Il t'épouse.

— Il n'en fera rien ; d'ailleurs, écoutez-moi, mon père, si les sentiments qu'a pour vous le comte sont réels, ils doivent être indépendants de ceux qu'il a pu concevoir pour moi ; il ne doit point vouloir vous faire plaisir, dans la certitude de me faire de la peine ; il doit, s'il est vertueux et sensible, vous faire tout le bien qu'il vous promet, sans exiger que j'en sois le prix ; pour sonder sa façon de penser, dites-lui que vous acceptez toutes ces promesses, mais que vous lui demandez, pour premier effet de sa générosité envers moi, de faire lui-même ici, avant de quitter la ville, le mariage de votre fille avec le seul homme qu'elle puisse aimer au monde. Si le comte est loyal, s'il est franc, s'il est désintéressé, il acceptera ; s'il n'a dessein que de m'immoler en vous servant, il se dévoilera ; il faut qu'il réponde à votre proposition, et cette proposition de votre part ne doit point l'étonner, puisqu'il ne vous a point encore, dites-vous, ouvertement demandé ma main ; si sa réponse est de la demander pour prix de ses bienfaits, il a plus d'envie de s'obliger lui-même, qu'il n'en a de vous servir, puisqu'il saura que je suis engagée, et que, malgré mon cœur, il voudra me contraindre ; dès lors, son âme est malhonnête, et vous devez vous défier de toutes ses offres, quel que soit le vernis dont il les colore.

Un homme d'honneur ne peut vouloir de la main d'une femme dont il sait qu'il n'aura point l'amour ; ce ne doit pas être aux dépens de la fille qu'il doit obliger le père. L'épreuve est sûre, je vous conjure de la tenter ; si elle réussit… je veux dire, si nous devenons certains que le comte n'ait que des vues légitimes, il faudra se prêter à tout, et alors, il aura fait votre avancement sans nuire à ma félicité ; nous serons tous heureux… nous le serons tous, mon père, sans que vous ayez de remords.

— Ernestine, dit le colonel, il est très possible que le comte soit un honnête homme, quoiqu'il ne veuille m'obliger qu'aux conditions de t'avoir pour femme.

— Oui, s'il ne me savait pas engagée ; mais lui disant que je le suis, s'il persiste à ne vouloir vous servir qu'en me contraignant, il n'y a plus que de l'égoïsme dans ses procédés, la délicatesse en est totalement exclue ; dès lors ses promesses doivent nous devenir suspectes…

Et Ernestine, se jetant dans les bras du colonel :

— Ô mon père ! s'écria-t-elle en larmes, ne me refusez pas l'épreuve que j'exige, ne me la refusez pas, mon père, je vous en conjure, ne sacrifiez pas aussi cruellement une fille qui vous adore, et qui ne veut vivre que pour vous ! Ce malheureux Herman en mourrait de douleur, il mourrait en nous haïssant, je le suivrais de près au tombeau, et vous auriez perdu les deux plus chers amis de votre cœur.

Le colonel aimait sa fille, il était généreux et noble ; on ne pouvait lui reprocher que cette sorte de bonne foi qui, quoiqu'elle rende l'honnête homme si facilement la dupe des fripons, n'en dévoile pas moins toute la candeur et toute la franchise d'une belle âme ; il promit à sa fille de faire tout ce qu'elle exigeait, et, dès le lendemain, il parla au sénateur.

Oxtiern, plus faux que Mlle Sanders n'était fine, et dont les mesures étaient déjà prises avec la Scholtz à tout événement sans doute, répondit au colonel de la manière la plus satisfaisante.

— Avez-vous donc cru, mon cher, lui dit-il, que je voulusse vous obliger par intérêt ? Connaissez mieux mon cœur ; le désir de vous être utile le remplit, abstraction faite de toute considération ; assurément, j'aime votre fille, vous le cacher ne servirait à rien ; mais dès qu'elle ne me croit pas fait pour la rendre heureuse, je suis bien loin de la contraindre ; je ne me chargerai point de serrer ici les nœuds de son hymen, comme vous paraissez le vouloir, ce procédé coûterait trop à mon cœur ; en me sacrifiant, au moins puis-je bien désirer n'être pas immolé par ma propre main ; mais le mariage se fera, j'y donnerai mes soins, j'en chargerai la Scholtz, et, puisque votre fille aime mieux devenir la femme d'un caissier que celle d'un des premiers sénateurs de Suède, elle est la maîtresse ; ne craignez point que ce choix nuise en rien au bien que je veux vous faire ; je pars incessamment ; à peine aurai-je arrangé quelques affaires, qu'une voiture à moi viendra chercher votre fille et vous. Vous arriverez à Stockholm avec Ernestine ; Herman pourra vous suivre, et l'épouser là, ou attendre, si cela lui convient mieux, qu'ayant le poste où je veux vous placer, son mariage en devienne meilleur.

— Homme respectable, dit Sanders en pressant les mains du comte, que d'obligations ! Les services que vous daignez nous rendre deviendront d'autant plus précieux qu'ils seront désintéressés, et vous coûteront un sacrifice… ah ! sénateur, c'est le dernier degré de la générosité humaine ; une si belle action devrait vous valoir des temples, dans un siècle où toutes les vertus sont si rares.

— Mon ami, dit le comte en répondant aux caresses du colonel, l'honnête homme jouit le premier des bienfaits qu'il répand ; n'est-ce pas ce qu'il faut à sa félicité ?

Le colonel n'eut rien de plus pressé que de rendre à sa fille l'importante conversation qu'il venait d'avoir avec Oxtiern. Ernestine en fut touchée jusqu'aux larmes, et crut tout sans difficulté ; les belles âmes sont confiantes, elles se persuadent facilement ce qu'elles sont capables de faire ; Herman ne fut pas tout à fait aussi crédule ; quelques propos imprudents échappés à la Scholtz, dans la joie où elle était sans doute de voir aussi bien servir sa vengeance, lui firent naître des soupçons qu'il communiqua à sa maîtresse ; cette tendre fille le rassura ; elle lui fit sentir qu'un homme de la naissance et de l'état d'Oxtiern devait être incapable de tromper... L'innocente créature ! elle ne savait pas que des vices, étayés de la naissance et de la richesse, enhardis dès lors par l'impunité, n'en deviennent que plus dangereux. Herman dit qu'il voulait s'éclaircir avec le comte lui-même ; Ernestine lui interdit les voies de fait ; le jeune homme se défendit de les vouloir prendre ; mais n'écoutant au fond que sa fierté, son amour et son courage, il charge deux pistolets ; dès le lendemain matin, il s'introduit dans la chambre du comte, et le prenant au chevet du lit :

— Monsieur, lui dit-il audacieusement, je vous crois un homme d'honneur ; votre nom, votre place, votre richesse, tout doit m'en convaincre ; j'exige donc votre parole, monsieur, votre parole par écrit, que vous renoncez absolument aux prétentions que vous avez témoignées pour Ernestine, ou j'attends, sans cela, de vous voir accepter l'une de ces deux armes, afin de nous brûler la cervelle ensemble.

Le sénateur, un peu étourdi du compliment, commença d'abord

par demander à Herman s'il réfléchissait bien à la démarche qu'il faisait, et s'il croyait qu'un homme de son rang dût quelque réparation à un subalterne comme lui.

— Point d'invectives, monsieur, répondit Herman, je ne viens pas ici pour en recevoir, mais pour vous demander raison, au contraire, de l'outrage que vous me faites en voulant séduire ma maîtresse. Un subalterne, dites-vous ? Sénateur, tout homme a droit d'exiger d'un autre la réparation, ou du bien qu'on lui enlève, ou de l'offense qu'on lui fait ; le préjugé qui sépare les rangs est une chimère ; la nature a créé tous les hommes égaux, il n'en est pas un seul qui ne soit sorti de son sein pauvre et nu, pas un qu'elle conserve ou qu'elle anéantisse différemment d'un autre ; je ne connais entre eux d'autre distinction que celle qu'y place la vertu ; le seul homme qui soit fait pour être méprisé est celui qui n'use des droits que lui accordent de fausses conventions, que pour se livrer plus impunément au vice. Levez-vous, comte, fussiez-vous un prince, j'exigerais de vous la satisfaction qui m'est due ; faites-la-moi, vous dis-je, ou je vous brûle la cervelle, si vous ne vous hâtez de vous défendre.

— Un instant, dit Oxtiern, en s'habillant ; asseyez-vous, jeune homme, je veux que nous déjeunions ensemble avant que de nous battre… Me refuserez-vous cette faveur ?

— À vos ordres, comte, répondit Herman, mais j'espère qu'après, vous vous rendrez de même à mon invitation…

On sonne, le déjeuner se sert, et le sénateur ayant ordonné qu'on le laisse seul avec Herman, lui demande, après la première tasse de café, si ce qu'il entreprend est de concert avec Ernestine.

— Assurément non, sénateur, elle ignore que je suis chez vous ; elle a mieux fait, elle a dit que vous vouliez me servir.

— Si cela est, quel peut donc être le motif de votre imprudence ?

— La crainte d'être trompé, la certitude que, quand on aime Ernestine, il est impossible de renoncer à elle, le désir de m'éclaircir, enfin.

— Vous le serez bientôt, Herman, et quoique je ne vous dusse que des reproches pour l'indécence de votre action… que cette démarche inconsidérée dût peut-être faire varier mes desseins en faveur de la fille du colonel, je tiendrai pourtant ma parole… oui, Herman, vous épouserez Ernestine, je l'ai promis, cela sera ; je ne vous la cède point, jeune homme, je ne suis fait pour vous rien céder, c'est Ernestine seule qui obtient tout de moi, et c'est à son bonheur que j'immole le mien.

— Ô généreux mortel !

— Vous ne me devez rien, vous dis-je, je n'ai travaillé que pour Ernestine, et ce n'est que d'elle que j'attends de la reconnaissance.

— Permettez que je la partage, sénateur, permettez qu'en même temps je vous fasse mille excuses de ma vivacité… Mais, monsieur, puis-je compter sur votre parole, et si vous avez dessein de la tenir, vous refuserez-vous de me la donner par écrit ?

— Moi, j'écrirai tout ce que vous voudrez, mais cela est inutile, et ces soupçons injustes ajoutent à la sottise que vous venez de vous permettre.

— C'est pour tranquilliser Ernestine.

— Elle est moins défiante que vous, elle me croit ; n'importe, je veux bien écrire, mais en lui adressant le billet ; toute autre manière serait déplacée, je ne puis à la fois vous servir et m'humilier devant vous…

Et le sénateur, prenant une écritoire, traça les lignes suivantes :

Le comte Oxtiern promet à Ernestine Sanders de la laisser libre de son choix, et de prendre les meilleures mesures pour la faire incessamment jouir des plaisirs de l'hymen, quelque chose qu'il en puisse coûter à celui qui l'adore, et dont le sacrifice sera bientôt aussi certain qu'affreux.

Le malheureux Herman, bien loin d'entendre le cruel sens de ce billet, s'en saisit, le baise avec ardeur, renouvelle ses excuses au comte, et vole chez Ernestine lui apporter les tristes trophées de sa victoire.

Mlle Sanders blâma beaucoup Herman, elle l'accusa de n'avoir aucune confiance en elle, elle ajouta qu'après ce qu'elle avait dit, jamais Herman n'aurait dû se porter à de telles extrémités avec un homme si fort au-dessus de lui, qu'il était à craindre que le comte, n'ayant cédé que par prudence, la réflexion ne le portât ensuite à quelques extrémités peut-être bien fatales pour tous deux, et, dans tous les cas, sans doute, extrêmement nuisibles à son père. Herman rassura sa maîtresse, il lui fit valoir le billet… qu'elle avait également lu sans en comprendre l'ambiguïté ; on fit part de tout au colonel, qui désapprouva bien plus vivement encore que sa fille, la conduite du jeune Herman ; tout se concilia néanmoins, et nos trois amis, pleins de confiance dans les promesses du comte, se séparèrent assez tranquilles.

Cependant Oxtiern, après sa scène avec Herman, était aussitôt descendu dans l'appartement de la Scholtz, il lui avait raconté tout ce qui venait de se passer, et cette méchante femme, encore mieux convaincue, par cette démarche du jeune homme, qu'il devenait impossible de prétendre à le séduire, s'engagea plus solidement que jamais dans la cause du comte, et lui promit de la servir jusqu'à l'entière destruction du malheureux Herman.

— Je possède des moyens sûrs de le perdre, dit cette cruelle mégère… j'ai des doubles clefs de sa caisse, Il ne le sait pas ; avant peu, je dois escompter pour cent mille ducats de lettres de change à des négociants de Hambourg, il ne tient qu'à moi de le trouver en faute ; de ce moment, il faut qu'il m'épouse, ou il faut qu'il soit perdu.

— Dans ce dernier cas, dit le comte, vous me le ferez savoir sur-le-champ ; soyez certaine qu'alors j'agirai comme il convient à notre mutuelle vengeance.

Ensuite les deux scélérats, trop cruellement unis d'intérêt, renouvelèrent leurs dernières mesures pour donner à leurs perfides desseins toute la consistance et toute la noirceur qu'ils y désiraient.

Ces arrangements décidés, Oxtiern vint prendre congé du colonel et de sa fille ; il se contraint devant celle-ci, lui témoigne, au lieu de son amour et de ses véritables intentions, toute la noblesse et le désintéressement que sa fausseté lui permet d'employer, il renouvelle à Sanders ses plus grandes offres de service et convient avec lui du voyage à Stockholm ; le comte voulait leur faire préparer un appartement chez lui ; mais le colonel répondit qu'il préférait d'aller chez sa cousine Plorman, dont il attendait la succession pour sa fille, et que cette marque d'amitié deviendrait un motif à Ernestine pour ménager cette femme qui pouvait beaucoup augmenter sa fortune ;

Oxtiern approuva le projet, on convint d'une voiture, parce qu'Ernestine craignait la mer, et l'on se sépara avec les plus vives protestations de tendresse et d'estime réciproques, sans qu'il eût été question de la démarche du jeune homme.

La Scholtz continuait de feindre avec Herman ; sentant le besoin de se déguiser jusqu'à l'éclat qu'elle préparait, elle ne lui parlait point de ses sentiments, et ne lui témoignait plus, comme autrefois, que de la confiance et de l'intérêt ; elle lui déguisa qu'elle était instruite de son étourderie chez le sénateur, et notre bon jeune homme crut que, comme la scène ne s'était pas trouvée très à l'avantage du comte, il l'avait cachée soigneusement.

Cependant Herman n'ignorait pas que le colonel et sa fille allaient bientôt quitter Nordkoping ; mais plein de confiance dans le cœur de sa maîtresse, dans l'amitié du colonel et dans les promesses du comte, il ne doutait pas que le premier usage qu'Ernestine ferait à Stockholm de son crédit près du sénateur serait de l'engager à les réunir incessamment ; la jeune Sanders ne cessait d'en assurer Herman, et c'était bien sincèrement son projet.

Quelques semaines se passèrent ainsi, lorsqu'on vit arriver dans Nordkoping une voiture superbe accompagnée de plusieurs valets, auxquels il était recommandé de remettre une lettre au colonel Sanders de la part du comte Oxtiern, et de recevoir en même temps les ordres de cet officier, relativement au voyage qu'il devait faire à Stockholm avec sa fille, et pour lequel était destinée la voiture que l'on envoyait chez lui. La lettre annonçait à Sanders que, par les soins du sénateur, la veuve Plorman destinait à ses deux alliés le plus bel appartement de sa maison, qu'ils étaient l'un et l'autre les maîtres d'y arriver quand ils voudraient, et que le comte attendrait cet instant pour apprendre à son ami Sanders le succès des premières démarches qu'il avait entreprises pour lui ; à l'égard d'Herman, ajoutait le sénateur, il croyait qu'il fallait lui laisser finir en paix les affaires qu'il avait avec Mme Scholtz, à la conclusion desquelles, sa fortune étant mieux en ordre, il pourrait, avec plus de bienséance encore, venir présenter sa main à la belle Ernestine ; que tout gagnerait à cet arrangement, pendant l'intervalle duquel le colonel, lui-même honoré d'une pension et peut-être d'un grade, n'en deviendrait que plus en état de faire du bien à sa fille.

Cette clause ne plut pas à Ernestine ; elle éveilla quelques soupçons, dont elle fit aussitôt part à son père. Le colonel prétendit n'avoir jamais conçu les projets d'Oxtiern d'une manière différente de celle-là ; et quel moyen y aurait-il, d'ailleurs, continuait Sanders, de faire quitter Nordkoping à Herman, avant qu'il n'eût fini ses comptes avec la Scholtz ? Ernestine versa quelques larmes, et, toujours entre son amour et la crainte de nuire à son père, elle n'osa insister sur l'extrême envie qu'elle aurait eue de ne profiter des offres du sénateur qu'à l'instant où son cher Herman se serait trouvé libre.

Il fallut donc se déterminer au départ ; Herman fut invité par le colonel à venir souper chez lui pour se faire leurs mutuels adieux ; il s'y rendit, et cette cruelle scène ne se passa pas sans le plus vif attendrissement.

— Ô ma chère Ernestine, dit Herman en pleurs, je vous quitte, et j'ignore quand je vous reverrai. Vous me laissez avec une ennemie cruelle… avec une femme qui se déguise, mais dont les sentiments sont loin d'être anéantis ; qui me secourra, dans les tracasseries sans nombre dont va m'accabler cette mégère ?… quand elle me verra surtout plus décidé que jamais à vous suivre, et que je lui aurai déclaré que je ne veux jamais être qu'à vous… et vous-même, où allez-vous, grand Dieu ?… sous la dépendance d'un homme qui vous a aimé… qui vous aime encore… et dont le sacrifice est bien douteux ; il vous séduira, Ernestine, il vous éblouira, et le malheureux Herman, abandonné, n'aura plus pour lui que ses larmes.

— Herman aura toujours le cœur d'Ernestine, dit Mlle Sanders en pressant les mains de son amant ; peut-il jamais craindre d'être trompé, avec la possession de ce bien ?

— Ah ! puissé-je ne le jamais perdre, dit Herman, en se jetant aux pieds de sa belle maîtresse, puisse Ernestine, ne cédant jamais aux sollicitations qui vont lui être faites, se bien persuader qu'il ne peut exister un seul homme sur la terre dont elle soit aimée comme de moi !

Et l'infortuné jeune homme osa supplier Ernestine de lui laisser cueillir, sur ses lèvres de rose, un baiser précieux qui pût lui tenir lieu du gage qu'il exigeait de ses promesses ; la sage et prudente Sanders, qui n'en avait jamais tant accordé, crut devoir quelque chose aux circonstances, elle se pencha dans les bras d'Herman, qui, brûlé d'amour et de désir, succombant à l'excès de cette joie sombre qui ne s'exprime que par des pleurs, scella les serments de sa flamme sur la plus belle bouche du monde, et reçut de cette bouche, encore imprimée sur la sienne, les expressions les plus délicieuses et de l'amour et de la constance.

Cependant elle sonne, cette heure funeste du départ ; pour deux cœurs véritablement épris, quelle différence y a-t-il entre celle-là et celle de la mort ? On dirait, en quittant ce qu'on aime, que le cœur se brise, ou s'arrache ; nos organes, pour ainsi dire enchaînés à l'objet chéri dont on s'éloigne, paraissent se flétrir en ce moment cruel ; on veut fuir, on revient, on se quitte, on s'embrasse, on ne peut se résoudre ; le faut-il à la fin, toutes nos facultés s'anéantissent, c'est le principe même de notre vie qu'il semble que nous abandonnions, ce qui reste est inanimé, ce n'est plus que dans l'objet qui se sépare qu'est encore pour nous l'existence.

On avait décidé de monter en voiture en sortant de table. Ernestine jette les yeux sur son amant, elle le voit en pleurs, son âme se déchire…

— Ô mon père, s'écrie-t-elle en fondant en larmes, voyez le sacrifice que je vous fais !

Et se rejetant dans les bras d'Herman :

— Toi que je n'ai jamais cessé d'aimer, lui dit-elle, toi que j'adorerai jusqu'au tombeau, reçois en présence de mon père le serment que je te fais de n'être jamais qu'à toi ; écris-moi, pense à moi, n'écoute que ce que je te dirai, et regarde-moi comme la plus vile des créatures, si jamais d'autre homme que toi reçoit ou ma main ou mon cœur.

Herman est dans un état violent, courbé à terre, il baise les pieds de celle qu'il idolâtre, on eût dit qu'au moyen de ces baisers ardents, son âme qui les imprimait, son âme entière dans ces baisers de feu eût voulu captiver Ernestine…

— Je ne te verrai plus… je ne te verrai plus, lui disait-il au milieu des sanglots… Mon père, laissez-moi vous suivre, ne souffrez pas qu'on m'enlève Ernestine, ou si le sort m'y condamne, hélas !

plongez-moi votre épée dans le sein.

Le colonel calmait son ami, il lui engageait sa parole de ne jamais contraindre les intentions de sa fille ; mais rien ne rassure l'amour alarmé, peu d'amants se quittaient dans d'aussi cruelles circonstances, Herman le sentait trop bien, et son cœur se fendait malgré lui ; il faut enfin partir ; Ernestine, accablée de sa douleur… les yeux inondés de larmes, s'élance à côté de son père, dans une voiture qui l'entraîne aux regards de celui qu'elle aime. Herman croit voir, en cet instant, la mort envelopper de ses voiles obscurs le char funèbre qui lui ravit son plus doux bien, ses cris lugubres appellent Ernestine, son âme égarée la suit, mais il ne voit plus rien… tout échappe… tout se perd dans les ombres épaisses de la nuit, et l'infortuné revient chez la Scholtz, dans un état assez violent pour irriter davantage encore la jalousie de ce dangereux monstre.

Le colonel arriva à Stockholm le lendemain d'assez bonne heure, et trouva, à la porte de Mme Plorman, où il descendit, le sénateur Oxtiern, qui présenta la main à Ernestine ; quoiqu'il y eût quelques années que le colonel n'eût vu sa parente, il n'en fut pas moins bien reçu ; mais il fut aisé de s'apercevoir que la protection du sénateur avait prodigieusement influé sur cet excellent accueil ; Ernestine fut admirée, caressée ; la tante assura que cette charmante nièce éclipserait toutes les beautés de la capitale, et, dès le même jour, les arrangements furent pris pour lui procurer tous les plaisirs possibles, afin de l'étourdir, de l'enivrer et de lui faire oublier son amant.

La maison de la Plorman était naturellement solitaire ; cette femme, déjà vieille, et naturellement avare, voyait assez peu de monde ; et c'était peut-être en raison de cela que le comte, qui la connaissait, n'avait été nullement fâché du choix d'habitation que le colonel avait fait.

Il y avait, chez Mme Plorman, un jeune officier du régiment des Gardes, qui lui appartenait d'un degré de plus près qu'Ernestine, et qui, par conséquent, avait plus de droit qu'elle à la succession ; on le nommait Sindersen, bon sujet, brave garçon, mais naturellement peu porté pour des parents qui, plus éloignés que lui de sa tante, paraissaient néanmoins former sur elle les mêmes prétentions. Ces raisons établirent un peu de froid entre lui et les Sanders ; cependant il fit politesse à Ernestine, vécut avec le colonel, et sut déguiser, sous ce vernis du monde qu'on nomme politesse, les sentiments peu tendres qui devaient tenir la première place dans son cœur.

Mais laissons le colonel s'établir, et retournons à Nordkoping, pendant qu'Oxtiern met tout en œuvre pour amuser le père, pour éblouir la fille, et pour réussir enfin aux perfides projets dont il espère son triomphe.

Huit jours après le départ d'Ernestine, les négociants de Hambourg parurent, et réclamèrent les cent mille ducats dont la Scholtz leur était redevable ; cette somme, sans aucun doute, devait se trouver dans la caisse d'Herman ; mais la friponnerie était déjà faite, et par le moyen des doubles clefs, les fonds avaient disparu ; Mme Scholtz, qui avait retenu les négociants à dîner, fait aussitôt avertir Herman de préparer les espèces, attendu que ses hôtes veulent s'embarquer dès le même soir pour Stockholm. Herman depuis longtemps n'avait visité cette caisse, mais sûr que les fonds doivent y être, il ouvre avec confiance, et tombe presque évanoui quand il s'aperçoit du larcin qu'on lui a fait ; il court chez sa protectrice…

— Oh ! madame, s'écrie-t-il éperdu, nous sommes volés.

— Volés, mon ami ?… Personne n'est entré chez moi, et je réponds de ma maison.

— Il faut pourtant bien que quelqu'un soit entré, madame, il le faut bien, puisque les fonds n'y sont plus… et que vous devez être sûre de moi.

— Je pouvais l'être autrefois, Herman, mais quand l'amour tourne l'esprit d'un garçon tel que vous, tous les vices, avec cette passion, doivent s'introduire dans son cœur… Malheureux jeune homme, prenez garde à ce que vous avez pu faire ; j'ai besoin de mes fonds dans l'instant ; si vous êtes coupable, avouez-le-moi… mais si vous avez tort, et que vous ne vouliez rien dire, vous ne serez peut-être pas le seul que j'envelopperai dans cette fatale affaire… Ernestine partie pour Stockholm au moment où mes fonds disparaissent… qui sait si elle est encore dans le royaume ?… elle vous précède… c'est un enlèvement projeté.

— Non, madame, non, vous ne croyez pas ce que vous venez de dire, répond Herman avec fermeté… vous ne le croyez pas, madame, ce n'est point par une telle somme qu'un fripon débute ordinairement, et les grands crimes, dans le cœur de l'homme, sont toujours précédés par des vices. Qu'avez-vous vu de moi jusqu'à présent qui doive vous faire croire que je puisse être capable d'une telle malversation ? Si je vous avais volé, serais-je encore dans Nordkoping ? Ne m'avez-vous pas averti depuis huit jours que vous deviez escompter cet argent ? Si je l'avais pris, aurais-je eu le front d'attendre paisiblement ici l'époque où ma honte se dévoilerait ? Cette conduite est-elle vraisemblable, et devez-vous me la supposer ?

— Ce n'est pas à moi qu'il appartient de rechercher les raisons qui peuvent vous excuser, quand je suis lésée de votre crime, Herman ; je n'établis qu'un fait, vous êtes chargé de ma caisse, vous seul en répondez, elle est vide quand j'ai besoin des fonds qui doivent s'y trouver, les serrures ne sont point endommagées ; aucun de mes gens ne disparaît, ce vol, sans effraction, sans vestiges, ne peut donc être l'ouvrage que de celui qui possède les clefs ; pour la dernière fois, consultez-vous, Herman, je retiendrai ces négociants encore vingt-quatre heures ; demain, mes fonds… ou la justice me répond de vous.

...

Herman se retire dans un désespoir plus facile à sentir qu'à peindre ; il fondait en larmes, il accusait le ciel de le laisser vivre pour autant d'infortunes. Deux partis s'offrent à lui… fuir, ou se brûler la cervelle… mais il ne les a pas plus tôt formés, qu'il les rejette avec horreur… Mourir sans être justifié… sans avoir détruit des soupçons qui désoleraient Ernestine ; pourrait-elle jamais se consoler d'avoir donné son cœur à un homme capable d'une telle bassesse ? Son âme délicate ne soutiendrait pas le poids de cette infamie, elle en expirerait de douleur… Fuir était s'avouer coupable ; peut-on consentir à l'apparence d'un crime qu'on est aussi loin de commettre ? Herman aime mieux se livrer à son sort, et réclame par lettres la protection du sénateur et l'amitié du colonel ; il croyait être sûr du premier, et ne doutait sûrement pas du second. Il leur écrit le malheur affreux qui lui arrive, il les convainc de son innocence, fait surtout sentir au colonel combien une pareille aventure devient funeste pour lui, avec une femme dont le cœur pétri de jalousie ne manquera pas de saisir cette occasion pour l'anéantir. Il lui demande les conseils les plus prompts dans cette fatale circonstance, et se livre aux décrets du ciel, osant se croire sûr que leur équité n'abandonnerait pas l'innocence.

Vous imaginez aisément que notre jeune homme dut passer une nuit affreuse ; dès le matin, la Scholtz le fit venir dans son appartement.

— Eh bien ! mon ami, lui dit-elle, avec l'air de la candeur et de l'aménité, êtes-vous prêt à confesser vos erreurs, et vous décidez-vous enfin à me dire la cause d'un procédé si singulier de votre part ?

— Je me présente, et livre ma personne pour toute justification, madame, répond le jeune homme avec courage ; je ne serais pas resté chez vous si j'étais coupable, vous m'avez laissé le temps de fuir, je l'aurais fait.

— Peut-être n'eussiez-vous pas été loin sans être suivi, et cette évasion achevait de vous condamner ; votre fuite prouvait un fripon très novice, votre fermeté m'en fait voir un qui n'est pas à son coup d'essai.

— Nous ferons nos comptes quand vous voudrez, madame ; jusqu'à ce que vous y ayez trouvé des erreurs, vous n'êtes pas en droit de me traiter ainsi, et moi je le suis de vous prier d'attendre des preuves plus sûres, avant de flétrir ma probité.

— Herman, est-ce là ce que je devais espérer d'un jeune homme que j'avais élevé, et sur qui je fondais toutes mes espérances ?

— Vous ne répondez point, madame ; ce subterfuge m'étonne, il me ferait presque naître des doutes.

— Ne m'irritez pas, Herman, ne m'irritez pas, quand vous ne devez chercher qu'à m'attendrir… (Et reprenant avec chaleur) Ignores-tu, cruel, les sentiments que j'ai pour toi ? quel serait donc, d'après cela, l'être le plus disposé à cacher tes torts ?… T'en chercherais-je, quand je voudrais, au prix de mon sang, anéantir ceux que tu as ?… Écoute, Herman, je puis tout réparer, j'ai dans la banque de mes correspondants dix fois plus qu'il n'est nécessaire pour couvrir cette faute… Avoue-la, c'est tout ce que je te demande… consens à m'épouser, tout s'oublie.

— Et j'achèterais le malheur de mes jours au prix d'un affreux mensonge ?

— Le malheur de tes jours, perfide ? quoi ! c'est ainsi que tu regardes les nœuds où je prétends, quand je n'ai qu'un mot à dire pour te perdre à jamais ?

— Vous n'ignorez pas que mon cœur n'est plus à moi, madame ; Ernestine le possède en entier ; tout ce qui troublerait le dessein que nous avons d'être l'un à l'autre ne peut devenir qu'affreux pour moi.

— Ernestine ?… n'y compte plus, elle est déjà l'épouse d'Oxtiern.

— Elle ?… cela ne se peut, madame, j'ai sa parole et son cœur ; Ernestine ne saurait me tromper.

— Tout ce qui s'est fait était convenu, le colonel s'y prêtait.

— Juste ciel ! Eh bien ! je vais donc m'éclairer moi-même, je vole de ce pas à Stockholm... j'y verrai Ernestine, je saurai d'elle si vous m'en imposez ou non... que dis-je ? Ernestine avoir pu trahir son amant ! non, non... son cœur ne vous est pas connu, puisqu'il vous est possible de le croire ; l'astre du jour cesserait de nous éclairer, plutôt qu'un tel forfait eût pu souiller son âme.

Et le jeune homme, à ces mots, veut s'élancer hors de la maison... Mme Scholtz, le retenant :

— Herman, vous allez vous perdre ; écoutez-moi, mon ami, c'est pour la dernière fois que je vous parle... Faut-il vous le dire ? six témoins déposent contre vous ; on vous a vu sortir mes fonds du logis, on sait l'emploi que vous en avez fait ; vous vous êtes méfié du comte Oxtiern ; muni de ces cent mille ducats, vous deviez enlever Ernestine et la conduire en Angleterre... La procédure est commencée, je vous le répète, je puis tout arrêter d'un mot... voilà ma main, Herman, acceptez-la, tout est réparé.

— Assemblage d'horreurs et de mensonges ! s'écrie Herman, regarde comme la fraude et l'inconséquence éclatent dans tes paroles ! Si Ernestine est, comme tu le dis, l'épouse du sénateur, je n'ai donc pas dû voler pour elle les sommes qui te manquent, et si j'ai pris cet argent pour elle, il est donc faux qu'elle soit l'épouse du comte ; dès que tu peux mentir avec tant d'impudence, tout ceci n'est qu'un piège où ta méchanceté veut me prendre ; mais je trouverai... j'ose m'en flatter au moins, des moyens de rétablir l'honneur que tu veux m'enlever, et ceux qui convaincront de mon innocence prouveront en même temps tous les crimes où tu te livres pour te venger de mes dédains.

Il dit : et repoussant les bras de la Scholtz, qui s'ouvrent pour le retenir encore, il se jette aussitôt dans la rue avec le projet d'aller à Stockholm... Le malheureux ! il est loin d'imaginer que ses chaînes sont déjà tendues... dix hommes le saisissent à la porte du logis, et le traînent ignominieusement dans la prison des scélérats, aux regards mêmes de la féroce créature qui le perd, et qui semble jouir, en le conduisant des yeux, de l'excès du malheur où sa rage effrénée vient d'engloutir ce misérable.

— Eh bien ! dit Herman, en se voyant dans le séjour du crime… et trop souvent de l'injustice, puis-je défier le ciel, à présent, d'inventer des maux qui puissent déchirer mon âme avec plus de fureur ? Oxtiern… perfide Oxtiern, toi seul as conduit cette trame, et je ne suis ici que la victime de la jalousie, de tes complices et de toi… Voilà donc comme les hommes peuvent passer, en un instant, au dernier degré de l'humiliation et du malheur ! j'imaginais que le crime seul pouvait les avilir jusqu'à ce point… Non… il ne s'agit que d'être soupçonné pour être déjà criminel, il ne s'agit que d'avoir des ennemis puissants pour être anéanti ! mais toi, mon Ernestine… toi dont les serments consolent encore mon cœur, le tien me reste-t-il, au moins, dans l'infortune ? ton innocence égale-t-elle la mienne ? et n'as-tu pas trempé dans tout ceci ?… Ô juste ciel ! quels odieux soupçons ! je suis plus oppressé d'avoir pu les former un instant, que je ne suis anéanti de tous mes autres maux… Ernestine coupable… Ernestine avoir trahi son amant !… jamais la fraude et l'imposture naquirent-elles au fond de cette âme sensible ?…

Et ce tendre baiser que je savoure encore… ce seul et doux baiser que j'ai reçu d'elle, peut-il avoir été cueilli sur une bouche qu'aurait avili le mensonge ?… Non, non, chère âme, non… on nous trompe tous deux… Comme ils vont profiter de ma situation, ces monstres, pour me dégrader dans ton esprit !… Ange du ciel, ne te laisse pas séduire à l'artifice des hommes, et que ton âme, aussi pure que le Dieu dont elle émane, soit à l'abri, comme son modèle, des iniquités de la terre !

Une douleur muette et sombre s'empare de ce malheureux ; à mesure qu'il se pénètre de l'horreur de son sort, le chagrin qu'il éprouve devient d'une telle force qu'il se débat bientôt au milieu de ses fers ; tantôt c'est à sa justification qu'il veut courir, l'instant d'après, c'est aux pieds d'Ernestine ; il se roule sur le plancher, en faisant retentir la voûte de ses cris aigus… il se relève, il se précipite contre les digues qui lui sont opposées, il veut les rompre de son poids, il se déchire, il est en sang, et retombant près des barrières qu'il n'a seulement point ébranlées, ce n'est plus que par des sanglots et des larmes… que par les secousses du désespoir, que son âme abattue tient encore à la vie.

Il n'y a point de situation dans le monde qui puisse se comparer à celle d'un prisonnier, dont l'amour embrase le cœur ; l'impossibilité de s'éclaircir réalise à l'instant, d'une manière affreuse, tous les maux de ce sentiment ; les traits d'un Dieu si doux dans le monde ne sont plus pour lui que des couleuvres qui le déchirent ; mille chimères l'offusquent à la fois ; tour à tour inquiet et tranquille, tour à tour crédule et soupçonneux, craignant et désirant la vérité, détestant… adorant l'objet de ses feux, l'excusant, et le croyant perfide, son âme, semblable aux flots de la mer en courroux, n'est plus qu'une substance molle, où toutes les passions ne s'imprègnent que pour la consumer plus tôt.

On accourut au secours d'Herman ; mais quel funeste service lui rendait-on, en ramenant, sur ses tristes lèvres, la coupe amère de la vie, dont il ne lui restait plus que le fiel !

Sentant la nécessité de se défendre, reconnaissant que l'extrême désir qui le brûlait de revoir Ernestine ne pouvait être satisfait qu'en faisant éclater son innocence, il prit sur lui ; l'instruction commença ; mais la cause, trop importante pour un tribunal inférieur comme celui de Nordkoping, fut évoquée par-devant les juges de Stockholm. On y transféra le prisonnier… content… s'il est possible de l'être dans sa cruelle situation, consolé de respirer l'air dont s'animait Ernestine.

— Je serai dans la même ville, se disait-il avec satisfaction, peut-être pourrai-je l'instruire de mon sort… on le lui cache sans doute ! … peut-être pourrai-je la voir ; mais quoi qu'il en puisse arriver, je serai là, moins en butte aux traits dirigés contre moi ; il est impossible que tout ce qui approche Ernestine ne soit épuré comme sa belle âme, l'éclat de ses vertus se répand sur tout ce qui l'entoure… ce sont les rayons de l'astre dont la terre est vivifiée… je ne dois rien craindre où elle est.

Malheureux amants, voilà vos chimères !… elles vous consolent, c'est beaucoup ; abandonnons-y le triste Herman pour voir ce qui se passait à Stockholm parmi les gens qui nous intéressent.

Ernestine, toujours dissipée, toujours promenée de fête en fête, était bien loin d'oublier son cher Herman, elle ne livrait que ses yeux aux nouveaux spectacles dont on tâchait de l'enivrer ; mais son cœur, toujours rempli de son amant, ne respirait que pour lui seul ; elle aurait voulu qu'il partageât ses plaisirs, ils lui devenaient insipides sans Herman, elle le désirait, elle le voyait partout, et la perte de son illusion ne lui rendait la vérité que plus cruelle.

L'infortunée était loin de savoir dans quel affreux état se trouvait réduit celui qui l'occupait aussi despotiquement, elle n'en avait reçu qu'une lettre, écrite avant l'arrivée des négociants de Hambourg, et les mesures étaient prises de manière à ce que, depuis lors, elle n'en pût avoir davantage. Quand elle en témoignait son inquiétude, son père et le sénateur rejetaient ces retards sur l'immensité des affaires dont se trouvait chargé le jeune homme, et la tendre Ernestine, dont l'âme délicate craignait la douleur, se laissait doucement aller à ce qui semblait la calmer un peu. De nouvelles réflexions survenaient-elles ? on l'apaisait encore de même, le colonel de bien bonne foi, le sénateur en la trompant ; mais on la tranquillisait, et l'abîme, en attendant, se creusait toujours sous ses pas.

Oxtiern amusait également Sanders, il l'avait introduit chez quelques ministres ; cette considération flattait son orgueil, elle le faisait patienter sur les promesses du comte, qui ne cessait de lui dire que, quelque bonne volonté qu'il eût de l'obliger, tout était fort long à la cour.

Ce dangereux suborneur qui, s'il eût pu réussir d'une autre manière que par les crimes qu'il méditait, se les fût peut-être épargnés, essayait de revenir de temps en temps au langage de l'amour, avec celle qu'il brûlait de corrompre.

— Je me repens quelquefois de mes démarches, disait-il un jour à Ernestine, je sens que le pouvoir de vos yeux détruit insensiblement mon courage ; ma probité veut vous unir à Herman, et mon cœur s'y oppose ; ô juste ciel ! pourquoi la main de la nature plaça-t-elle à la fois tant de grâces dans l'adorable Ernestine, et tant de faiblesse dans le cœur d'Oxtiern ?

Je vous servirais mieux si vous étiez moins belle, ou peut-être aurais-je moins d'amour, si vous n'aviez pas tant de rigueur !

— Comte, dit Ernestine alarmée, je croyais ces sentiments déjà loin de vous, et je ne conçois pas qu'ils vous occupent encore !

— C'est rendre à la fois peu de justice à tous deux, ou que de croire que les impressions que vous produisez puissent s'affaiblir, ou que d'imaginer que quand c'est mon cœur qui les reçoit, elles puissent n'y pas être éternelles !

— Peuvent-elles donc s'accorder avec l'honneur ? et n'est-ce point par ce serment sacré que vous m'avez promis de ne me conduire à Stockholm que pour l'avancement de mon père et ma réunion à Herman ?

— Toujours Herman, Ernestine ! Eh quoi ! ce nom fatal ne sortira point de votre mémoire ?

— Assurément non, sénateur, il sera prononcé par moi aussi longtemps que l'image chérie de celui qui le porte embrasera l'âme d'Ernestine, et c'est vous avertir que la mort en deviendra l'unique terme ; mais, comte, pourquoi retardez-vous les promesses que vous m'avez faites ?... je devais, selon vous, revoir bientôt ce tendre et unique objet de ma flamme, pourquoi donc ne paraît-il pas ?

— Ses comptes avec la Scholtz, voilà le motif assurément de ce retard qui vous affecte.

— L'aurons-nous dès après cela ?

— Oui... vous le verrez, Ernestine... je vous promets de vous le faire voir à quelque point qu'il puisse m'en coûter... dans quelque lieu que ce puisse être... vous le verrez certainement... et quelle sera la récompense de mes services ?

— Vous jouirez du charme de les avoir rendus, comte, c'est la plus flatteuse de toutes pour une âme sensible.

— L'acheter au prix du sacrifice que vous exigez, est la payer bien cher, Ernestine ; croyez-vous qu'il soit beaucoup d'âmes capables d'un tel effort ?

— Plus il vous aura coûté, plus vous serez estimable à mes yeux.

— Ah ! combien l'estime est froide pour acquitter le sentiment que j'ai pour vous !

— Mais si c'est le seul que vous puissiez obtenir de moi, ne doit-il pas vous contenter ?

— Jamais... jamais ! dit alors le comte, en lançant des regards furieux sur cette malheureuse créature... (Et se levant aussitôt pour la quitter.) Tu ne connais pas l'âme que tu désespères... Ernestine... fille trop aveuglée... non, tu ne la connais pas, cette âme, tu ne sais pas jusqu'où peuvent la conduire et ton mépris et tes dédains !

Il est facile de croire que ces dernières paroles alarmèrent Ernestine, elle les rapporta bien vite au colonel qui, toujours plein de confiance en la probité du sénateur, fut loin d'y voir le sens dont Ernestine les interprétait ; le crédule Sanders, toujours ambitieux, revenait quelquefois au projet de préférer le comte à Herman ; mais sa fille lui rappelait sa parole ; l'honnête et franc colonel en était esclave, il cédait aux larmes d'Ernestine, et lui promettait de continuer à rappeler au sénateur les promesses qu'il leur avait faites à tous deux, ou de ramener sa fille à Nordkoping, s'il croyait démêler qu'Oxtiern n'eût pas envie d'être sincère.

Ce fut alors que l'un et l'autre de ces honnêtes gens, trop malheureusement trompés, reçurent des lettres de la Scholtz, dont ils s'étaient séparés le mieux du monde. Ces lettres excusaient Herman de son silence, il se portait à merveille, mais accablé d'une reddition de comptes où se rencontrait un peu de désordre, qu'il ne fallait attribuer qu'au chagrin qu'éprouvait Herman d'être séparé de ce qu'il aimait, il était obligé d'emprunter la main de sa bienfaitrice pour donner de ses nouvelles à ses meilleurs amis ; il les suppliait de n'être pas inquiets, parce qu'avant huit jours Mme Scholtz elle-même amènerait, à Stockholm, Herman aux pieds d'Ernestine.

Ces écrits calmèrent un peu cette chère amante, mais ils ne la rassurèrent pourtant pas tout à fait…

— Une lettre est bientôt écrite, disait-elle, pourquoi Herman n'en prenait-il donc pas la peine ? Il devait bien se douter que j'aurais plus de foi en un seul mot de lui, qu'en vingt épîtres d'une femme dont on avait tant de raisons de se méfier.

Sanders rassurait sa fille ; Ernestine, confiante, cédait un instant aux soins que prenait le colonel pour la calmer, et l'inquiétude en traits de feux revenait aussitôt déchirer son âme.

Cependant l'affaire d'Herman se suivait toujours ; mais le sénateur, qui voyait les juges, leur avait recommandé la plus extrême discrétion ; il leur avait prouvé que si la poursuite de ce procès venait à se savoir, les complices d'Herman, ceux qui étaient munis des sommes, passeraient en pays étranger, s'ils n'y étaient pas encore, et qu'au moyen des sûretés qu'ils prendraient, on ne pourrait plus rien recouvrer ; cette raison spécieuse engageait les magistrats au plus grand silence ; ainsi tout se faisait, dans la ville même qu'habitaient Ernestine et son père, sans que l'un et l'autre le sussent, et sans qu'il fût possible que rien en pût venir à leur connaissance.

Telle était à peu près la situation des choses, lorsque le colonel, pour la première fois de sa vie, se trouva engagé à dîner chez le ministre de la Guerre. Oxtiern ne pouvait l'y conduire ; il avait, disait-il, vingt personnes lui-même ce jour-là, mais il ne laissa pas ignorer à Sanders que cette faveur était son ouvrage, et ne manqua pas, en le lui disant, de l'exhorter à ne pas se soustraire à une telle invitation ; le colonel était loin de l'envie d'être inexact, quoiqu'il s'en fallût pourtant bien que ce perfide dîner dût contribuer à son bonheur ; il s'habille donc le plus proprement qu'il peut, recommande sa fille à la Plorman, et se rend chez le ministre.

Il n'y avait pas une heure qu'il y était, lorsque Ernestine vit entrer Mme Scholtz chez elle ; les compliments furent courts.

— Pressez-vous, lui dit la négociante, et volons ensemble chez le comte Oxtiern ; je viens d'y descendre Herman, je suis venue vous avertir à la hâte que votre protecteur et votre amant vous attendent tous deux avec une égale impatience.

— Herman ?

— Lui-même.

— Que ne vous a-t-il pas suivie jusqu'ici ?

— Ses premiers soins ont été pour le comte, il les lui devait sans doute ; le sénateur, qui vous aime, s'immole pour ce jeune homme ; Herman ne lui doit-il pas de la reconnaissance ?... Ne serait-il pas ingrat d'y manquer ?... mais vous voyez comme tous deux m'envoient vers vous avec précipitation… c'est le jour des sacrifices, mademoiselle, continua la Scholtz, lançant un regard faux sur Ernestine, venez les voir consommer tous.

Cette malheureuse fille, partagée entre le désir extrême de voler où on lui disait qu'était Herman, et la crainte d'une démarche hasardée, en allant chez le comte pendant l'absence de son père, reste en suspens sur le parti qu'elle doit prendre ; et comme la Scholtz pressait toujours, Ernestine crut devoir s'appuyer, dans un tel cas, du conseil de sa tante Plorman, et lui demander d'être accompagnée d'elle ou, au moins, de son cousin Sindersen ; mais celui-ci ne se trouva point à la maison, et la veuve Plorman, consultée, répondit que le palais du sénateur était trop honnête pour qu'une jeune personne eût rien à risquer en y allant ; elle ajouta que sa nièce devait connaître cette maison, puisqu'elle y avait été plusieurs fois avec son père, et que, d'ailleurs, dès qu'Ernestine y allait avec une dame de l'état et de l'âge de Mme Scholtz, il n'y avait certainement aucun danger, qu'elle s'y joindrait assurément bien volontiers, si, depuis dix ans, d'horribles douleurs ne la captivaient chez elle, sans en pouvoir sortir.

— Mais vous ne risquez rien, ma nièce, continua la Plorman. Allez en toute sûreté où l'on vous désire ; je préviendrai le colonel dès qu'il paraîtra, afin qu'il vous aille aussitôt retrouver.

Ernestine, enchantée d'un conseil qui s'accordait aussi bien avec ses vues, s'élance dans la voiture de la Scholtz, et toutes deux arrivent chez le sénateur, qui vient les recevoir à la porte même de son hôtel.

— Accourez, charmante Ernestine, dit-il en lui donnant la main, venez jouir de votre triomphe, du sacrifice de Madame et du mien, venez vous convaincre que la générosité, dans des âmes sensibles, l'emporte sur tous les sentiments…

Ernestine ne se contenait plus, son cœur palpitait d'impatience, et si l'espoir du bonheur embellit, jamais Ernestine sans doute n'avait été plus digne des hommages de l'univers entier… Quelques circonstances l'alarmèrent pourtant, et ralentirent la douce émotion dont elle était saisie ; quoiqu'il fit grand jour, pas un valet ne paraissait dans cette maison… un silence lugubre y régnait ; on ne disait mot, les portes se refermaient avec soin, aussitôt qu'on les avait dépassées ; l'obscurité devenait toujours plus profonde à mesure que l'on avançait ; et ces précautions effrayèrent tellement Ernestine qu'elle était presque évanouie quand elle entra dans la pièce où l'on voulait la recevoir ; elle y arrive enfin ; ce salon, assez vaste, donnait sur la place publique ; mais les fenêtres étaient closes absolument de ce côté, une seule, sur les derrières, faiblement entrouverte, laissait pénétrer quelques rayons à travers les jalousies baissées sur elle, et personne n'était dans cette pièce quand Ernestine y parut. L'infortunée respirait à peine ; voyant bien pourtant que sa sûreté dépendait de son courage :

— Monsieur, dit-elle avec sang-froid, que signifient cette solitude, ce silence effrayant… ces portes que l'on ferme avec tant de soin, ces fenêtres qui laissent un léger accès à la lumière ? Tant de précautions sont faites pour m'alarmer ; où est Herman ?

— Asseyez-vous, Ernestine, dit le sénateur en la plaçant entre la Scholtz et lui… calmez-vous, et écoutez-moi.

Il s'est passé bien des choses, ma chère, depuis que vous avez quitté Nordkoping ; celui à qui vous aviez donné votre cœur a malheureusement prouvé qu'il n'était pas digne de le posséder.

— Ô ciel ! vous m'effrayez.

— Votre Herman n'est qu'un scélérat, Ernestine : il s'agit de savoir si vous n'avez point participé au vol considérable qu'il a fait à Mme Scholtz ; on vous soupçonne.

— Comte, dit Ernestine en se levant, avec autant de noblesse que de fermeté, votre artifice est découvert. Je sens mon imprudence… je suis une fille perdue… je suis dans les mains de mes plus grands ennemis… je n'éviterai pas le malheur qui m'attend…

Et tombant à genoux, les bras élevés vers le ciel :

— Être suprême ! s'écria-t-elle, je n'ai plus que toi pour protecteur, n'abandonne pas l'innocence aux mains dangereuses du crime et de la scélératesse !

— Ernestine, dit Mme Scholtz en la relevant, et l'asseyant malgré elle sur le siège qu'elle venait de quitter, il ne s'agit pas de prier Dieu ici, il est question de répondre. Le sénateur ne vous en impose point : votre Herman m'a volé cent mille ducats, et il était à la veille de venir vous enlever, lorsque tout s'est heureusement su. Herman est arrêté, mais les fonds ne se trouvent pas, il nie de les avoir distraits ; voilà ce qui a fait croire que ces fonds étaient déjà dans vos mains ; cependant l'affaire d'Herman prend la plus mauvaise tournure, des témoins déposent contre lui ; plusieurs particuliers de Nordkoping l'ont vu sortir la nuit de ma maison avec des sacs sous son manteau ; le délit enfin est plus que prouvé, et votre amant est dans les mains de la justice.

Ernestine. – Herman coupable ! Ernestine soupçonnée ! Et vous l'avez cru, monsieur ?… vous avez pu le croire ?

Le comte. – Nous n'avons, Ernestine, ni le temps de discuter cette affaire, ni celui de songer à autre chose qu'à y porter le plus prompt remède ; sans vous en parler, sans vous affliger en vain, j'ai tout voulu voir avant que d'en venir à la démarche que vous me voyez faire aujourd'hui ; il n'y a contre vous que des soupçons, voilà pourquoi je vous ai garanti l'horreur d'une humiliante captivité ; je le devais à votre père, à vous, je l'ai fait ; mais pour Herman, il est coupable… il y a pis, ma chère, je ne vous dis ce mot qu'en tremblant… il est condamné…

(Et Ernestine pâlissant). – Condamné, lui… Herman… l'innocence même !… Ô juste ciel !

— Tout peut se réparer, Ernestine, reprend vivement le sénateur en la soutenant dans ses bras, tout peut se réparer, vous dis-je… ne résistez point à ma flamme, accordez-moi sur-le-champ les faveurs que j'exige de vous, je cours trouver les juges… ils sont là, Ernestine, dit Oxtiern en montrant le côté de la place, ils sont assemblés pour terminer cette cruelle affaire… J'y vole… je leur porte les cent mille ducats, j'atteste que l'erreur vient de moi, et Mme Scholtz, qui se désiste de toute poursuite envers Herman, certifie de même que c'est dans les comptes faits dernièrement ensemble que cette somme a fait double emploi ; en un mot, je sauve votre amant… je fais plus, je vous tiens la parole que je vous ai donnée, huit jours après je vous rends son épouse… Prononcez, Ernestine, et surtout ne perdons pas de temps… songez à la somme que je sacrifie… au crime dont vous êtes soupçonnée… à l'affreuse position d'Herman… au bonheur qui vous attend, enfin, si vous satisfaites mes désirs.

Ernestine. – Moi, me livrer à de telles horreurs ! acheter à ce prix la rémission d'un crime dont Herman ni moi ne fûmes jamais coupables !

Le comte. – Ernestine, vous êtes en ma puissance ; ce que vous craignez peut avoir lieu sans capitulation ; je fais donc plus pour vous que je ne devrais faire, en vous rendant celui que vous aimez, aux conditions d'une faveur que je puis obtenir sans cette clause… Le moment presse… dans une heure, il ne sera plus temps… dans une heure, Herman sera mort, sans que vous en soyez moins déshonorée… songez que vos refus perdent votre amant, sans sauver votre pudeur, et que le sacrifice de cette pudeur, dont l'estime est imaginaire, redonne la vie à celui qui vous est précieux… que dis-je, le rend dans vos bras à l'instant… Fille crédule et faussement vertueuse, tu ne peux balancer sans une faiblesse condamnable… tu ne le peux sans un crime certain ; en accordant, tu ne perds qu'un bien illusoire… en refusant, tu sacrifies un homme, et cet homme, immolé par toi, c'est celui qui t'est le plus cher au monde… Détermine-toi, Ernestine, détermine-toi, je ne te donne plus que cinq minutes.

Ernestine. – Toutes mes réflexions sont faites, monsieur ; jamais il n'est permis de commettre un crime pour en empêcher un autre. Je connais assez mon amant pour être certaine qu'il ne voudrait pas jouir d'une vie qui m'aurait coûté l'honneur, à plus forte raison ne m'épouserait-il pas après ma flétrissure ; je me serais donc rendue coupable, sans qu'il en devînt plus heureux, je le serais devenue sans le sauver, puisqu'il ne survivrait assurément pas à un tel comble d'horreur et de calomnie ; laissez-moi donc sortir, monsieur, ne vous rendez pas plus criminel que je ne vous soupçonne de l'être déjà… j'irai mourir près de mon amant, j'irai partager son effroyable sort, je périrai, du moins, digne d'Herman, et j'aime mieux mourir vertueuse que de vivre dans l'ignominie…

Alors le comte entre en fureur :

— Sortir de chez moi ! dit-il, embrasé d'amour et de rage, t'en échapper avant que je ne sois satisfait, ne l'espère pas, ne t'en flatte pas, farouche créature… la foudre écraserait plutôt la terre, que je ne te rendisse libre avant que de t'avoir fait servir à ma flamme ! dit-il en prenant cette infortunée dans ses bras...

Ernestine veut se défendre... mais en vain... Oxtiern est un frénétique dont les entreprises font horreur...

— Un moment... un moment... dit la Scholtz, sa résistance vient peut-être de ses doutes ?

— Cela se peut, dit le sénateur, il faut la convaincre...

Et prenant Ernestine par la main, il la traîne vers une des fenêtres qui donnaient sur la place, ouvre avec précipitation cette fenêtre.

— Tiens, perfide ! lui dit-il, vois Herman et son échafaud.

Là se trouvait effectivement dressé ce théâtre sanglant, et le misérable Herman, prêt à perdre la vie, y paraissait aux pieds d'un confesseur... Ernestine le reconnaît... elle veut faire un cri... elle s'élance... ses organes s'affaiblissent... tous ses sens l'abandonnent, elle tombe comme une masse.

Tout précipite alors les perfides projets d'Oxtiern... il saisit cette malheureuse, et, sans effroi pour l'état où elle est, il ose consommer son crime, il ose faire servir à l'excès de sa rage la respectable créature que l'abandon du ciel soumet injustement au plus affreux délire.

Ernestine est déshonorée sans avoir recouvré ses sens ; le même instant a soumis au glaive des lois l'infortuné rival d'Oxtiern, Herman n'est plus.

À force de soins, Ernestine ouvre enfin les yeux ; le premier mot qu'elle prononce est Herman ; son premier désir est un poignard... elle se lève, elle retourne à cette horrible fenêtre, encore entr'ouverte, elle veut s'y précipiter, on s'y oppose ; elle demande son amant, on lui dit qu'il n'existe plus, et qu'elle est seule coupable de sa mort... elle frémit... elle s'égare, des mots sans suite sortent de sa bouche... des sanglots les interrompent... il n'y a que ses pleurs qui ne peuvent couler... ce n'est qu'alors qu'elle s'aperçoit qu'elle vient d'être la proie d'Oxtiern... elle lance sur lui des regards furieux.

— C'est donc toi, scélérat, dit-elle, c'est donc toi qui viens de me ravir à la fois l'honneur et mon amant ?

— Ernestine, tout peut se réparer, dit le comte.

— Je le sais, dit Ernestine, et tout se réparera sans doute ; mais puis-je sortir enfin ? ta rage est-elle assouvie ?

— Sénateur, s'écrie la Scholtz, ne laissons pas échapper cette fille… elle nous perdra ; que nous importe la vie de cette créature ? … qu'elle la perde, et que sa mort mette nos jours en sûreté.

— Non, dit le comte, Ernestine sent qu'avec nous les plaintes ne serviraient à rien ; elle a perdu son amant, mais elle peut tout pour la fortune de son père ; qu'elle se taise, et le bonheur encore peut luire pour elle.

— Des plaintes, sénateur, moi, des plaintes !… Madame peut imaginer que j'en veuille faire ; oh ! non, il est une sorte d'outrage dont une femme ne doit jamais se plaindre… elle ne le pourrait sans s'avilir elle-même, et des aveux, dont elle serait forcée de rougir, alarmeraient bien plus sa pudeur que les réparations qu'elle en recevrait ne satisferaient sa vengeance.

Ouvrez-moi, sénateur, ouvrez-moi, et comptez sur ma discrétion.

— Ernestine, vous allez être libre… je vous le répète, votre sort est entre vos mains.

— Je le sais, reprit fièrement Ernestine, ce sont elles qui vont me l'assurer.

— Quelle imprudence ! s'écria la Scholtz ; oh ! comte, je n'aurais jamais consenti de partager un crime avec vous, si je vous avais cru tant de faiblesse.

— Ernestine ne nous trahira point, dit le comte, elle sait que je l'aime encore… elle sait que l'hymen peut être le prix de son silence.

— Ah ! ne craignez rien, ne craignez rien, dit Ernestine en montant dans la voiture qui l'attendait, j'ai trop d'envie de réparer mon honneur, pour m'avilir par des moyens si bas… vous serez content de ceux que j'emploierai, comte ; ils nous honoreront l'un et l'autre. Adieu.

. . .

Ernestine se rend chez elle… elle s'y rend au milieu de cette place où son amant vient de périr ; elle y traverse la foule qui vient de repaître ses yeux de cet effrayant spectacle ; son courage la sourient, ses résolutions lui donnent des forces ; elle arrive, son père rentrait au même instant ; le perfide Oxtiern avait eu soin de le faire retenir tout le temps utile à son crime… Il voit sa fille échevelée… pâle, le désespoir dans l'âme, mais l'œil sec néanmoins, la contenance fière et la parole ferme.

— Enfermons-nous, mon père, j'ai à vous parler.

— Ma fille, tu me fais frémir… qu'est-il arrivé ? tu es sortie pendant mon absence… on parle de l'exécution d'un jeune homme de Nordkoping… je suis rentré dans un trouble… dans une agitation, explique-toi… la mort est dans mon sein.

— Écoutez-moi, mon père… retenez vos larmes… (et se jetant dans les bras du colonel) : nous n'étions pas nés pour être heureux, mon père ; il est de certains êtres que la nature ne crée que pour les laisser flotter de malheurs en malheurs, le peu d'instants qu'ils doivent exister sur la terre ; tous les individus ne doivent pas prétendre à la même portion de félicité, il faut se soumettre aux volontés du ciel ; votre fille vous reste au moins, elle consolera votre vieillesse, elle en sera l'appui… Le malheureux jeune homme de Nordkoping, dont vous venez d'entendre parler, est Herman, il vient de périr sur un échafaud, sous mes yeux… oui, mon père, sous mes yeux… on a voulu que je le visse… je l'ai vu… il est mort victime de la jalousie de la Scholtz et de la frénésie d'Oxtiern… Ce n'est pas tout, mon père, je voudrais n'avoir à vous apprendre que la perte de

53

mon amant, j'en ai une plus cruelle encore... votre fille ne vous est rendue que déshonorée... Oxtiern... pendant qu'on immolait une de ses victimes... le scélérat flétrissait l'autre.

Sanders, se levant ici avec fureur :

— C'en est assez, dit-il, je sais mon devoir ; le fils du brave ami de Charles XII n'a pas besoin qu'on lui apprenne comment il faut se venger d'un traître ; dans une heure, je serai mort, ma fille, ou tu seras satisfaite.

— Non, mon père, non, dit Ernestine en empêchant le colonel de sortir, j'exige, au nom de tout ce qui peut vous être le plus cher, que vous n'embrassiez pas vous-même cette vengeance. Si j'avais le malheur de vous perdre, pensez-vous à l'horreur de mon sort ? restée seule sans appui... aux mains perfides de ces monstres, croyez-vous qu'ils ne m'auraient pas bientôt immolée ?... Vivez donc pour moi, mon père, pour votre chère fille, qui, dans l'excès de sa douleur, n'a plus que vous pour secours et pour consolation... n'a plus que vos mains dans le monde qui puissent essuyer ses larmes... Écoutez mon projet ; il s'agit ici d'un léger sacrifice, qui peut-être même deviendra superflu, si mon cousin Sindersen a de l'âme : la crainte que ma tante ne nous préfère dans son testament est la seule raison qui met un peu de froid entre lui et nous ; je vais dissiper sa frayeur, je vais lui signer une entière renonciation à ce legs, je vais l'intéresser à ma cause ; il est jeune, il est brave... il est militaire comme vous, il ira trouver Oxtiern, il lavera mon injure dans le sang de ce traître, et, comme il faut que nous soyons satisfaits, s'il succombe, mon père, je ne retiendrai plus votre bras ; vous irez à votre tour chercher le sénateur, et vous vengerez à la fois l'honneur de votre fille et la mort de votre neveu ; de cette manière, le scélérat qui m'a trompée aura deux ennemis au lieu d'un ; saurions-nous trop les multiplier contre lui ?

— Ma fille, Sindersen est bien jeune pour un ennemi tel qu'Oxtiern.

— Ne craignez rien, mon père, les traîtres sont toujours des lâches, la victoire n'est pas difficile... oh ! qu'il s'en faut que je la regarde comme telle !... cet arrangement... je l'exige... j'ai quelques droits sur vous, mon père, mon malheur me les donne, ne me refusez pas la grâce que j'implore... c'est à vos pieds que je la demande.

— Tu le veux, j'y consens, dit le colonel en relevant sa fille, et ce qui me fait céder à tes désirs, c'est la certitude de multiplier par là, comme tu le dis, les ennemis de celui qui nous déshonore.

Ernestine embrasse son père, et vole aussitôt vers son parent ; elle revient peu après.

— Sindersen est tout prêt, mon père, dit-elle au colonel ; mais, à cause de sa tante, il vous prie instamment de ne rien dire ; cette parente ne se consolerait pas du conseil qu'elle m'a donné d'aller chez le comte, elle était dans la bonne foi ; Sindersen est donc d'avis de cacher tout à la Plorman, lui-même vous évitera jusqu'à la conclusion, vous l'imiterez.

— Bon, dit le colonel, qu'il vole à la vengeance… je le suivrai de près…

Tout se calme… Ernestine se couche tranquille en apparence, et le lendemain, de bonne heure, le comte Oxtiern reçoit une lettre d'une main étrangère, où se trouvaient seulement ces mots :

Un crime atroce ne se commet pas sans punition, une injustice odieuse ne se consomme pas sans vengeance, une fille honnête ne se déshonore pas, qu'il en coûte la vie au séducteur ou à celui qui doit la venger.

À dix heures, ce soir, un officier, vêtu de rouge, se promènera près du port, l'épée sous le bras : il espère vous y rencontrer ; si vous n'y venez pas, ce même officier, demain, ira vous brûler la cervelle chez vous.

Un valet sans livrée porte la lettre, et comme il avait l'ordre de rapporter une réponse, il rend le même billet, avec simplement au bas ces trois mots : On y sera.

Mais le perfide Oxtiern avait trop d'intérêt de savoir ce qui s'était passé chez la Plorman depuis le retour d'Ernestine, pour n'avoir pas employé à prix d'or tous les moyens qui devaient l'en instruire. Il apprend quel doit être l'officier vêtu de rouge ; il sait, de même, que le colonel a dit à son valet de confiance de lui préparer un uniforme anglais, parce qu'il veut se déguiser, pour suivre celui qui doit venger sa fille, afin de n'être point reconnu de ce vengeur et de prendre sur-le-champ sa défense si par hasard il est vaincu ; en voilà plus qu'il n'en faut à Oxtiern pour construire un nouvel édifice d'horreur.

La nuit vient, elle était extrêmement sombre, Ernestine avertit son père que Sindersen sortira dans une heure, et que, dans l'accablement où elle est, elle lui demande la permission de se retirer ; le colonel, bien aise d'être seul, donne le bonsoir à sa fille, et se prépare à suivre celui qui doit se battre pour elle ; il sort… il ignore comme sera vêtu Sindersen, Ernestine n'a pas montré le cartel ; pour ne pas manquer au mystère exigé par ce jeune homme, et ne donner aucun soupçon à sa fille, il n'a voulu faire aucune demande.

Que lui importe ? il avance toujours, il sait le lieu du combat, il est bien sûr d'y reconnaître son neveu. Il arrive à l'endroit indiqué ; personne ne paraît encore ; il se promène ; en ce moment, un inconnu l'aborde, sans armes, et le chapeau bas.

— Monsieur, lui dit cet homme, n'êtes-vous pas le colonel Sanders ?

— Je le suis.

— Préparez-vous donc, Sindersen vous a trahi, il ne se battra point contre le comte ; mais ce dernier me suit, et c'est contre vous seul qu'il aura affaire.

— Dieu soit loué ! dit le colonel avec un cri de joie, c'est tout ce que je désirais dans le monde.

— Vous ne direz mot, monsieur, s'il vous plaît, reprend l'inconnu ; cet endroit-ci n'est pas très sûr, le sénateur a beaucoup d'amis : peut-être accourrait-on pour vous séparer… il ne veut pas l'être, il veut vous faire une pleine satisfaction… Attaquez donc vivement, et sans dire un mot, l'officier vêtu de rouge qui s'avancera vers vous de ce côté.

— Bon, dit le colonel, éloignez-vous promptement, je brûle d'être aux mains…

L'inconnu se retire ; Sanders fait encore deux tours, il distingue enfin, au milieu des ténèbres, l'officier vêtu de rouge s'avançant fièrement vers lui, il ne doute point que ce ne soit Oxtiern, il fond sur lui l'épée à la main, sans dire un mot, de peur d'être séparé ; le militaire se défend de même sans prononcer une parole, et avec une incroyable bravoure ; sa valeur cède enfin aux vigoureuses attaques du colonel, et le malheureux tombe, expirant sur la poussière ; un cri de femme échappe en cet instant, ce funeste cri perce l'âme de Sanders… il approche… il distingue des traits bien différents de l'homme qu'il croit combattre…

Juste ciel !… il reconnaît sa fille… c'est elle, c'est la courageuse Ernestine qui a voulu périr ou se venger elle-même, et qui, déjà noyée dans son sang, expire de la main de son père.

— Jour affreux pour moi ! s'écrie le colonel… Ernestine, c'est toi que j'immole ! quelle méprise !… quel en est l'auteur ?…

— Mon père, dit Ernestine d'une voix faible, en pressant le colonel dans ses bras, je ne vous ai pas connu, excusez-moi, mon père, j'ai osé m'armer contre vous… daignerez-vous me pardonner ?

— Grand Dieu ! quand c'est ma main qui te plonge au tombeau ! ô chère âme, par combien de traits envenimés le ciel veut-il donc nous écraser à la fois !

— Tout ceci est encore l'ouvrage du perfide Oxtiern… Un inconnu m'a abordée, il m'a dit, de la part de ce monstre, d'observer le plus grand silence, de crainte d'être séparé, et d'attaquer celui qui serait vêtu comme vous l'êtes, que celui-là seul serait le comte… Je l'ai cru, ô comble affreux de perfidie !… j'expire… mais je meurs au moins dans vos bras : cette mort est la plus douce que je puisse recevoir, après tous les maux qui viennent de m'accabler ; embrassez-moi mon père, et recevez les adieux de votre malheureuse Ernestine.

L'infortunée expire après ces mots ; Sanders la baigne de ses larmes… mais la vengeance apaise la douleur. Il quitte ce cadavre sanglant pour implorer les lois… mourir… ou perdre Oxtiern… ce n'est qu'aux juges qu'il veut avoir recours… il ne doit plus… il ne peut plus se compromettre avec un scélérat, qui le ferait assassiner, sans doute, plutôt que de se mesurer à lui ; encore couvert du sang de sa fille, le colonel tombe aux pieds des magistrats, il leur expose l'affreux enchaînement de ses malheurs, il leur dévoile les infamies du comte… il les émeut, il les intéresse, il ne néglige pas, surtout, de leur faire voir combien les stratagèmes du traître dont il se plaint les ont abusés dans le jugement d'Herman… On lui promet qu'il sera vengé.

Malgré tout le crédit dont s'était flatté le sénateur, il est arrêté dès la même nuit. Se croyant sûr de l'effet de ses crimes, ou mal instruit sans doute par ses espions, il reposait avec tranquillité ; on le trouve dans les bras de la Scholtz, les deux monstres se félicitaient ensemble de la manière affreuse dont ils croyaient s'être vengés ; ils sont conduits l'un et l'autre dans les prisons de la justice. Le procès s'instruit avec la plus grande rigueur... l'intégrité la plus entière y préside ; les deux coupables se coupent dans leur interrogatoire... ils se condamnent mutuellement l'un et l'autre... La mémoire d'Herman est réhabilitée, la Scholtz va payer l'horreur de ses forfaits, sur le même échafaud où elle avait fait mourir l'innocent.

Le sénateur fut condamné à la même peine ; mais le roi en adoucit l'horreur par un bannissement perpétuel au fond des mines.

Gustave offrit sur le bien des coupables dix mille ducats de pension au colonel, et le grade de général à son service ; mais Sanders n'accepta rien.

— Sire, dit-il au monarque, vous êtes trop bon ; si c'est en raison de mes services que vous daignez m'offrir ces faveurs, elles sont trop grandes, je ne les mérite point... si c'est pour acquitter les pertes que j'ai faites, elles ne suffiraient pas, Sire ; les blessures de l'âme ne se guérissent ni avec de l'or ni avec des honneurs... Je prie votre majesté de me laisser quelque temps à mon désespoir ; dans peu, je solliciterai près d'elle la seule grâce qui puisse me convenir.

— Voilà, monsieur, interrompit Falkeneim, le détail que vous m'avez demandé ; je suis fâché de l'obligation où nous allons être, de revoir encore une fois cet Oxtiern : il va vous faire horreur.

— Personne n'est plus indulgent que moi, monsieur, répondis-je, pour toutes les fautes où notre organisation nous entraîne ; je regarde les malfaiteurs, au milieu des honnêtes gens, comme ces irrégularités dont la nature mélange les beautés qui décorent l'univers ; mais votre Oxtiern, et particulièrement la Scholtz, abusent du droit que les faiblesses de l'homme doivent obtenir des philosophes. Il est impossible de porter le crime plus loin ; il y a dans la conduite de l'un et de l'autre des circonstances qui font frissonner. Abuser de cette malheureuse, pendant qu'il fait immoler son amant... la faire assassiner ensuite par son père, sont des raffinements d'horreur qui font repentir d'être homme, quand on est assez malheureux pour partager ce titre avec d'aussi grands scélérats.

À peine avais-je dit ces mots qu'Oxtiern parut, en apportant sa lettre ; il avait le coup d'œil trop fin pour ne pas démêler sur mon visage que je venais d'être instruit de ses aventures… il me regarde.

— Monsieur, me dit-il en français, plaignez-moi ; des richesses immenses… un beau nom… du crédit, voilà les sirènes qui m'ont égaré ; instruit par le malheur, j'ai pourtant connu les remords, et je puis vivre maintenant avec les hommes, sans leur nuire ou les effrayer.

L'infortuné comte accompagna ces mots de quelques larmes, qu'il me fut impossible de partager ; mon guide prit sa lettre, lui promit ses services, et nous nous préparions à partir, lorsque nous vîmes la rue embarrassée par une foule qui approchait du lieu où nous étions… nous nous arrêtâmes ; Oxtiern était encore avec nous ; peu à peu nous démêlons deux hommes qui parlent avec chaleur et qui, nous apercevant, se dirigent aussitôt de notre côté ; Oxtiern reconnaît ces deux personnages.

— Ô ciel ! s'écria-t-il, qu'est ceci ?… Le colonel Sanders, amené par le ministre de la mine… oui, c'est notre pasteur qui s'avance, en nous conduisant le colonel… ceci me regarde, messieurs… Eh quoi ! cet irréconciliable ennemi vient-il donc me chercher jusque dans les entrailles de la terre !… mes cruelles peines ne suffisent-elles donc pas à le satisfaire encore !…

Oxtiern n'avait pas fini, que le colonel l'aborde.

— Vous êtes libre, monsieur, lui dit-il, dès qu'il est près de lui, et c'est à l'homme de l'univers le plus grièvement offensé par vous, que votre grâce est due… la voilà, sénateur, je l'apporte ; le roi m'a offert des grades, des honneurs, j'ai tout refusé, je n'ai voulu que votre liberté… je l'ai obtenue, vous pouvez me suivre.

— Ô généreux mortel ! s'écria Oxtiern, se peut-il ?… moi libre… et libre par vous ?… par vous qui, m'arrachant la vie, ne me puniriez pas encore comme je mérite de l'être ?…

— J'ai bien cru que vous le sentiriez, dit le colonel, voilà pourquoi j'ai imaginé qu'il n'y avait plus de risques à vous rendre un bien dont il devient impossible que vous abusiez davantage… vos maux, d'ailleurs, réparent-ils les miens ? puis-je être heureux de vos douleurs ? votre détention acquitte-t-elle le sang que vos barbaries ont fait répandre ? je serais aussi cruel que vous… aussi injuste, si je le pensais ; la prison d'un homme dédommage-t-elle la société des maux qu'il lui a faits ?… il faut le rendre libre, cet homme, si l'on veut qu'il répare, et, dans ce cas, il n'en est aucun qui ne le fasse, il n'en est pas un seul qui ne préfère le bien à l'obligation de vivre dans les fers ; ce que peut inventer sur cela le despotisme, chez quelques nations, ou la rigueur des lois, chez d'autres, le cœur de l'honnête homme le désavoue…

Partez, comte, partez ; je vous le répète, vous êtes libre…

Oxtiern veut se jeter dans les bras de son bienfaiteur.

— Monsieur, lui dit froidement Sanders en résistant au mouvement, votre reconnaissance est inutile, et je ne veux pas que vous me sachiez tant de gré d'une chose où je n'ai eu que moi pour objet… Quittons aussitôt ces lieux, j'ai plus d'empressement que vous de vous en voir dehors, afin de vous expliquer tout.

Sanders, nous voyant avec Oxtiern et ayant appris qui nous étions, nous pria de remonter avec le comte et lui ; nous acceptâmes ; Oxtiern fut remplir avec le colonel quelques formalités nécessaires à sa délivrance ; on nous rendit nos armes à tous, et nous remontâmes.

— Messieurs, nous dit Sanders dès que nous fûmes dehors, ayez la bonté de me servir de témoins dans ce qui me reste à apprendre au comte Oxtiern ; vous avez vu que je ne lui avais pas tout dit dans la mine, il y avait là trop de spectateurs…

Et comme nous avancions toujours, nous nous trouvâmes bientôt aux environs d'une haie qui nous dérobait à tous les yeux ; alors le colonel, saisissant le comte au collet :

— Sénateur, lui dit-il… il s'agit maintenant de me faire raison, j'espère que vous êtes assez brave pour ne pas me refuser, et que vous avez assez d'esprit pour être convaincu que le plus puissant motif qui m'ait fait agir dans ce que je viens de faire, était l'espoir de me couper la gorge avec vous.

Falkeneim voulut servir de médiateur et séparer ces deux adversaires.

— Monsieur, lui dit sèchement le colonel, vous savez les outrages que j'ai reçus de cet homme ; les mânes de ma fille exigent du sang, il faut qu'un de nous deux reste sur la place ; Gustave est instruit, il sait mon projet ; en m'accordant la liberté de ce malheureux, il ne l'a point désapprouvé ; laissez-nous donc faire, monsieur.

Et le colonel, jetant son habit bas, met aussitôt l'épée à la main… Oxtiern la met aussi, mais à peine est-il en garde que, prenant son épée par le bout, en saisissant de la main gauche la pointe de celle du colonel, il lui présente la poignée de son arme, et, fléchissant un genou en terre :

— Messieurs, dit-il en nous regardant, je vous prends à témoin tous deux de mon action ; je veux que vous sachiez l'un et l'autre que je n'ai pas mérité l'honneur de me battre contre cet honnête homme, mais que je le laisse libre de ma vie, et que je le supplie de me l'arracher… Prenez mon épée, colonel, prenez-la, je vous la rends, voilà mon cœur, plongez-y la vôtre, je vais moi-même en diriger les coups ; ne balancez pas, je l'exige, délivrez à l'instant la terre d'un monstre qui l'a trop longtemps souillée.

Sanders, étonné du mouvement d'Oxtiern, lui crie de se défendre.

— Je ne le ferai pas, et si vous ne vous servez du fer que je tiens, répond fermement Oxtiern, en dirigeant sur sa poitrine nue la pointe de l'arme de Sanders, si vous ne vous en servez pour me ravir le jour, je vous le déclare, colonel, je vais m'en percer à vos yeux.

— Comte, il faut du sang… il en faut, il en faut, vous dis-je !

— Je le sais, dit Oxtiern, et c'est pourquoi je vous tends ma poitrine, pressez-vous de l'entr'ouvrir… il ne doit couler que de là.

— Ce n'est point ainsi qu'il faut que je me comporte, reprend Sanders, en cherchant toujours à dégager sa lame, c'est par les lois de l'honneur que je veux vous punir de vos scélératesses.

— Je ne suis pas digne de les accepter, respectable homme, réplique Oxtiern, et puisque vous ne voulez pas vous satisfaire comme vous le devez, je vais donc vous en épargner le soin…

Il dit, et s'élançant sur l'épée du colonel, qu'il n'a cessé de tenir à sa main, il fait jaillir le sang de ses entrailles ; mais le colonel, retirant aussitôt son épée :

— C'en est assez, comte, s'écria-t-il… Votre sang coule, je suis satisfait… que le ciel achève votre correction, je ne veux pas vous servir de bourreau.

— Embrassons-nous donc, monsieur, dit Oxtiern qui perdait beaucoup de sang.

— Non, dit Sanders, je peux pardonner vos crimes, mais je ne puis être votre ami.

Nous nous hâtâmes de bander la blessure du comte ; le généreux Sanders nous aida.

— Allez, dit-il alors au sénateur, allez jouir de la liberté que je vous rends ; tâchez, s'il vous est possible, de réparer, par quelques belles actions, tous les crimes où vous vous êtes livré ; ou sinon je répondrai à toute la Suède du forfait que j'aurai moi-même commis en lui rendant un monstre dont elle s'était déjà délivrée. Messieurs, continua Sanders, en regardant Falkeneim et moi, j'ai pourvu à tout ; la voiture qui est dans l'auberge où nous nous dirigions, n'est destinée que pour Oxtiern, mais il peut vous y ramener l'un et l'autre, mes chevaux m'attendent d'un autre côté, je vous salue ; j'exige votre parole d'honneur que vous rendrez compte au roi de ce que vous venez de voir.

Oxtiern veut se jeter encore une fois dans les bras de son libérateur, il le conjure de lui rendre son amitié, de venir habiter sa maison et de partager sa fortune.

— Monsieur, dit le colonel en le repoussant, je vous l'ai dit, je ne puis accepter de vous ni bienfaits, ni amitié, mais j'en exige de la vertu, ne me faites pas repentir de ce que j'ai fait…

Vous voulez, dites-vous, me consoler de mes chagrins ; la plus sûre façon est de changer de conduite ; chaque beau trait que j'apprendrai de vous, dans ma retraite, effacera peut-être de mon âme les profondes impressions de douleurs que vos forfaits y ont gravées ; si vous continuez d'être un scélérat, vous ne commettrez pas un seul crime qui ne replace aussitôt sous mes yeux l'image de celle que vous avez fait mourir de ma main, et vous me plongerez au désespoir ; adieu, quittons-nous, Oxtiern, et surtout ne nous voyons jamais…

À ces mots le colonel s'éloigne… Oxtiern, en larmes, veut le suivre, il se traîne vers lui… nous l'arrêtons, nous l'emportons presque évanoui dans la voiture, qui nous rend bientôt à Stockholm.

Le malheureux fut un mois entre la vie et la mort ; au bout de ce temps, il nous pria de l'accompagner chez le roi, qui nous fit rendre compte de tout ce qui s'était passé.

— Oxtiern, dit Gustave au sénateur, vous voyez comme le crime humilie l'homme, et comme il le rabaisse. Votre rang… votre fortune… votre naissance, tout vous plaçait au-dessus de Sanders, et ses vertus l'élèvent où vous n'atteindrez jamais. Jouissez des faveurs qu'il vous a fait rendre, Oxtiern, j'y ai consenti… Certain après une telle leçon, ou que vous vous punirez vous-même avant que je ne sache vos nouveaux crimes, ou que vous ne vous rendrez plus assez vil pour en commettre encore.

Le comte se jette aux pieds de son souverain, et lui fait le serment d'une conduite irréprochable.

Il a tenu parole : mille actions plus généreuses et plus belles les unes que les autres ont réparé ses erreurs, aux yeux de toute la Suède ; et son exemple a prouvé à cette sage nation que ce n'est pas toujours par les voies tyranniques, et par d'affreuses vengeances, que l'on peut ramener et contenir les hommes.

Sanders était retourné à Nordkoping ; il y acheva sa carrière dans la solitude, donnant chaque jour des larmes à la malheureuse fille qu'il avait adorée, et ne se consolant de sa perte que par les éloges qu'il entendait journellement faire de celui dont il avait brisé les chaînes.

— Ô vertu ! s'écriait-il quelquefois, peut-être que l'accomplissement de toutes ces choses était nécessaire pour ramener Oxtiern à ton temple ! Si cela est, je me console : les crimes de cet homme n'auront affligé que moi, ses bienfaits seront pour les autres.

Augustine de Villeblanche ou Le stratagème de l'amour

« De tous les écarts de la nature, celui qui a fait le plus raisonner, qui a paru le plus étrange à ces demi-philosophes qui veulent tout analyser sans jamais rien comprendre, disait un jour à une de ses meilleures amies Mlle de Villeblanche, dont nous allons avoir occasion de nous entretenir tout à l'heure, c'est ce goût bizarre que des femmes d'une certaine construction, ou d'un certain tempérament, ont conçu pour des personnes de leur sexe. Quoique bien avant l'immortelle Sapho et depuis elle, il n'y ait pas eu une seule contrée de l'univers, pas une seule ville qui ne nous ait offert des femmes de ce caprice et que, d'après des preuves de cette force, il semblerait plus raisonnable d'accuser la nature de bizarrerie, que ces femmes-là de crime contre la nature, on n'a pourtant jamais cessé de les blâmer, et sans l'ascendant impérieux qu'eut toujours notre sexe, qui sait si quelque Cujas, quelque Bariole, quelque Louis IX n'eussent pas imaginé de faire contre ces sensibles et malheureuses créatures des lois de fagots, comme ils s'avisèrent d'en promulguer contre les hommes qui, construits dans le même genre de singularité, et par d'aussi bonnes raisons sans doute, ont cru pouvoir se suffire entre eux, et se sont imaginé que le mélange des sexes, très utile à la propagation, pouvait très bien ne pas être de cette même importance pour les plaisirs. À Dieu ne plaise que nous ne prenions aucun parti là-dedans… n'est-ce pas, ma chère ? continuait la belle Augustine de Villeblanche en lançant à cette amie des baisers qui paraissaient pourtant un tant soit peu suspects, mais au lieu de fagots, au lieu de mépris, au lieu de sarcasmes, toutes armes parfaitement émoussées de nos jours, ne serait-il pas infiniment plus simple, dans une action si totalement indifférente à la société, si égale à Dieu, et peut-être plus utile qu'on ne croit à la nature, que l'on laissât chacun agir à sa guise…

Que peut-on craindre de cette dépravation ?… Aux yeux de tout être vraiment sage, il paraîtra qu'elle peut en prévenir de plus grandes, mais on ne me prouvera jamais qu'elle en puisse entraîner de dangereuses… Eh ! juste ciel, a-t-on peur que les caprices de ces individus de l'un ou l'autre sexe ne fassent finir le monde, qu'ils ne mettent l'enchère à la précieuse espèce humaine, et que leur prétendu crime ne l'anéantisse, faute de procéder à sa multiplication ? Qu'on y réfléchisse bien et l'on verra que toutes ces pertes chimériques sont entièrement indifférentes à la nature, que non seulement elle ne les condamne point, mais qu'elle nous prouve par mille exemples qu'elle les veut et qu'elle les désire ; eh, si ces pertes l'irritaient, les tolérerait-elle dans mille cas, permettrait-elle, si la progéniture lui était si essentielle, qu'une femme ne pût y servir qu'un tiers de sa vie et qu'au sortir de ses mains la moitié des êtres qu'elle produit eussent le goût contraire à cette progéniture néanmoins exigée par elle ? Disons mieux, elle permet que les espèces se multiplient, mais elle ne l'exige point, et bien certaine qu'il y aura toujours plus d'individus qu'il ne lui en faut, elle est loin de contrarier les penchants de ceux qui n'ont pas la propagation en usage et qui répugnent à s'y conformer. Ah ! laissons agir cette bonne mère, convainquons-nous bien que ses ressources sont immenses, que rien de ce que nous faisons ne l'outrage et que le crime qui attenterait à ses lois ne sera jamais dans nos mains.

Mlle Augustine de Villeblanche dont nous venons de voir une partie de la logique, restée maîtresse de ses actions à l'âge de vingt ans et pouvant disposer de trente mille livres de rentes, s'était décidée par goût à ne se jamais marier ; sa naissance était bonne, sans être illustre, elle était fille d'un homme qui s'était enrichi aux Indes, n'avait laissé qu'elle d'enfant, et était mort sans jamais pouvoir la décider à un mariage.

Il ne faut pas se le dissimuler, il entrait infiniment de cette sorte de caprice dont Augustine venait de faire l'apologie dans la répugnance qu'elle témoignait pour l'hymen ; soit conseil, soit éducation, soit disposition d'organe ou chaleur de sang (elle était née à Madras), soit inspiration de la nature, soit tout ce que l'on voudra enfin, Mlle de Villeblanche détestait les hommes, et totalement livrée à ce que les oreilles chastes entendront par le mot de saphotisme, elle ne trouvait de volupté qu'avec son sexe et ne se dédommageait qu'avec les Grâces du mépris qu'elle avait pour l'Amour.

Augustine était une vraie perte pour les hommes : grande, faite à peindre, les plus beaux cheveux bruns, le nez un peu aquilin, des dents superbes, et des yeux d'une expression, d'une vivacité… la peau d'une finesse, d'une blancheur, tout l'ensemble en un mot d'une sorte de volupté si piquante… qu'il était bien certain qu'en la voyant si faite pour donner de l'amour et si déterminée à n'en point recevoir, il pouvait très naturellement échapper à beaucoup d'hommes un nombre infini de sarcasmes contre un goût, très simple d'ailleurs, mais qui privant néanmoins les autels de Paphos d'une des créatures de l'univers les mieux faites pour les servir, devait nécessairement donner de l'humeur aux sectateurs des temples de Vénus. Mlle de Villeblanche riait de bon cœur de tous ces reproches, de tous ces mauvais propos, et ne s'en livrait pas moins à ses caprices.

La plus haute de toutes les folies, disait-elle, est de rougir des penchants que nous avons reçus de la nature ; et se moquer d'un individu quelconque qui a des goûts singuliers, est absolument aussi barbare qu'il le serait de persifler un homme ou une femme sorti borgne ou boiteux du sein de sa mère ; mais persuader ces principes raisonnables à des sots, c'est entreprendre d'arrêter le cours des astres.

Il y a une sorte de plaisir pour l'orgueil à se moquer des défauts qu'on n'a point, et ces jouissances-là sont si douces à l'homme et particulièrement aux imbéciles qu'il est très rare de les y voir renoncer… Ça établit des méchancetés d'ailleurs, de froids bons mots, de plats calembours, et pour la société, c'est-à-dire pour une collection d'êtres que l'ennui rassemble et que la stupidité modifie, il est si doux de parler deux ou trois heures sans avoir rien dit, si délicieux de briller aux dépens des autres et d'annoncer, en blâmant un vice, qu'on est bien éloigné de l'avoir… c'est une espèce d'éloge qu'on prononce tacitement sur soi-même ; à ce prix-là on consent même à s'unir aux autres, à faire cabale pour écraser l'individu dont le grand tort est de ne pas penser comme le commun des mortels, et l'on se retire chez soi tout gonflé de l'esprit qu'on a eu, quand on n'a foncièrement prouvé par une telle conduite que du pédantisme et de la bêtise.

Ainsi pensait Mlle de Villeblanche et très affirmativement décidée à ne se jamais contraindre, se moquant des propos, assez riche pour se suffire à elle-même, au-dessus de sa réputation, visant épicuriennement à une vie voluptueuse et nullement à des béatitudes célestes auxquelles elle croyait fort peu, encore moins à une immortalité trop chimérique pour ses sens, entourée d'un petit cercle de femmes pensant comme elle, la chère Augustine se livrait innocemment à tous les plaisirs qui la délectaient. Elle avait eu beaucoup de soupirants, mais tous avaient été si maltraités, qu'on était enfin à la veille de renoncer à cette conquête, lorsqu'un jeune homme nommé Franville, à peu près de son état et pour le moins aussi riche qu'elle, en étant devenu amoureux comme un fou, non seulement ne se dégoûta point de ses rigueurs mais se détermina même très sérieusement à ne pas abandonner la place qu'elle ne fût conquise ; il fit part de son projet à ses amis, on se moqua de lui, il soutint qu'il réussirait, on l'en défia et il entreprit.

Franville avait deux ans de moins que Mlle de Villeblanche, presque point de barbe encore, une très jolie taille, les traits les plus délicats, les plus beaux cheveux du monde ; quand on l'habillait en fille, il était si bien dans ce costume qu'il trompait toujours les deux sexes et qu'il avait souvent reçu, des uns en s'égarant, des autres bien sûrs de leur fait, une foule de déclarations si précises, qu'il aurait pu dans le même jour devenir l'Antinoüs de quelque Adrien ou l'Adonis de quelque Psyché. Ce fut avec cet habit que Franville imagina de séduire Mlle de Villeblanche ; nous allons voir comme il s'y prit.

Un des plus grands plaisirs d'Augustine était en carnaval de s'habiller en homme et de courir toutes les assemblées sous ce déguisement si fort analogue à ses goûts ; Franville, qui faisait épier ses démarches et qui avait eu jusque-là la précaution de se très peu montrer à elle, sut un jour que celle qu'il chérissait, devait se rendre le même soir à un bal donné par des associés de l'Opéra où tous les masques pouvaient entrer, et que, suivant l'usage de cette charmante fille, elle y serait en capitaine de dragons. Lui se déguise en femme, se fait parer, ajuster avec toute l'élégance et tout le soin possibles, met beaucoup de rouge, point de masque, et suivi d'une de ses sœurs beaucoup moins jolie que lui, se rend ainsi dans l'assemblée où l'aimable Augustine n'allait que pour chercher fortune.

Franville n'a pas fait trois tours de salle qu'il est aussitôt distingué par les yeux connaisseurs d'Augustine : « Quelle est cette belle fille ? dit Mlle de Villeblanche à l'amie qui l'accompagnait… il me semble que je n'ai point encore vu cela nulle part, comment une aussi délicieuse créature a-t-elle donc pu nous échapper ? »

Et ces mots ne sont pas plus tôt dits qu'Augustine fait tout ce qu'elle peut pour lier conversation avec la fausse demoiselle de Franville qui d'abord fuit, tourne, évite, échappe et tout cela pour se faire plus chaudement désirer ; on l'accoste à la fin, des propos ordinaires lient d'abord la conversation qui peu à peu devient plus intéressante. « Il fait dans le bal une chaleur affreuse, dit Mlle de Villeblanche, laissons nos compagnes ensemble et allons prendre un peu l'air dans ces cabinets où l'on joue et où l'on se rafraîchit.

— Ah ! monsieur, dit Franville à Mlle de Villeblanche qu'il feint toujours de prendre pour un homme… en vérité je n'ose pas, je ne suis ici qu'avec ma sœur, mais je sais que ma mère doit venir avec l'époux qu'on me destine, et si l'un et l'autre me voyaient avec vous, ce serait des trains…

— Bon, bon, il faut un peu se mettre au-dessus de toutes ces frayeurs d'enfant… Quel âge avez-vous, bel-ange ?

— Dix-huit ans, monsieur.

— Ah ! je vous réponds qu'à dix-huit ans on doit avoir acquis le droit de faire tout ce qu'on veut… allons, allons, suivez-moi et n'ayez nulle crainte…

Et Franville se laisse entraîner.

— Quoi, charmante créature, continue Augustine, en conduisant l'individu qu'elle prend toujours pour une fille vers les cabinets attenant à la salle du bal… quoi, réellement vous allez vous marier… que je vous plains… et quel est-il, ce personnage qu'on vous destine, un ennuyeux, je gage… Ah, qu'il sera fortuné, cet homme, et que je voudrais être à sa place ! Consentiriez-vous bien à m'épouser, moi, par exemple ? dites-le franchement, fille céleste.

— Hélas, vous le savez, monsieur, quand on est jeune, suit-on les mouvements de son cœur ?

— Eh bien, mais refusez-le, ce vilain homme, nous ferons ensemble une plus intime connaissance, et si nous nous convenons… pourquoi ne nous arrangerions-nous ? je n'ai Dieu merci besoin d'aucune permission, moi… quoique je n'aie que vingt ans, je suis maître de mon bien et si vous pouviez déterminer vos parents en ma faveur, peut-être avant huit jours serions-nous vous et moi liés par des nœuds éternels. »

Tout en jasant, on était sorti du bal, et l'adroite Augustine qui n'amenait pas là sa proie pour filer le parfait amour, avait eu soin de la conduire dans un cabinet très isolé dont, par les arrangements qu'elle prenait avec les entrepreneurs du bal, elle avait toujours soin de se rendre maîtresse. « Oh Dieu ! dit Franville, dès qu'il vit Augustine fermer la porte de ce cabinet et le presser dans ses bras, oh juste ciel, que voulez-vous donc faire ?… Quoi, tête à tête avec vous, monsieur, et dans un lieu si retiré… laissez-moi, laissez-moi, je vous conjure, ou j'appelle à l'instant au secours.

— Je vais t'en ôter le pouvoir, ange divin, dit Augustine en imprimant sa belle bouche sur les lèvres de Franville, crie à présent, crie si tu peux, et le souffle pur de ton haleine de rose n'embrasera que plus tôt mon cœur. »

Franville se défendait assez faiblement : il est difficile d'être très en colère, quand on reçoit aussi tendrement le premier baiser de tout ce qu'on adore. Augustine encouragée attaquait avec plus de force, elle y mettait cette véhémence qui n'est réellement connue que des femmes délicieuses entraînées par cette fantaisie. Bientôt les mains s'égarent, Franville, jouant la femme qui cède, laisse également promener les siennes. Tous les vêtements s'écartent, et les doigts se portent presque en même tempe où chacun croit trouver ce qui lui convient…

Alors Franville changeant tout à coup de rôle : « Oh juste ciel, s'écrie-t-il, eh quoi, vous n'êtes qu'une femme…

— Horrible créature, dit Augustine en mettant la main sur des choses dont l'état ne peut même permettre l'illusion, quoi ! je ne me suis donné tant de peine que pour trouver un vilain homme… il faut que je sois bien malheureuse.

— En vérité, pas plus que moi, dit Franville en se rajustant et témoignant le plus profond mépris, j'emploie le déguisement qui peut séduire les hommes, je les aime, je les cherche, et ne rencontre qu'une p…

— Oh, p…, non, dit aigrement Augustine… je ne le fus de ma vie, ce n'est pas quand on abhorre les hommes qu'on peut être traitée de cette manière…

— Comment, vous êtes femme et vous détestez les hommes ?

— Oui, et cela par la même raison que vous êtes homme et que vous abhorrez les femmes.

— La rencontre est unique, voilà tout ce qu'on peut dire.

— Elle est fort triste pour moi, dit Augustine avec tous les symptômes de l'humeur la plus marquée.

— En vérité, mademoiselle, elle est encore plus fastidieuse pour moi, dit aigrement Franville, me voilà souillé pour trois semaines ; savez-vous que dans notre ordre nous faisons vœu de ne jamais toucher de femme ?

— Il me semble qu'on peut sans se déshonorer en toucher une comme moi.

— Ma foi, ma belle, continue Franville, je ne vois pas qu'il y ait de grands motifs à l'exception et je n'entends pas qu'un vice doive vous acquérir un mérite de plus.

— Un vice… mais est-ce à vous à me reprocher les miens… quand on en possède d'aussi infâmes ?

— Tenez, dit Franville, ne nous querellons pas, nous sommes à deux de jeu, le plus court est de nous séparer et de ne jamais nous voir. »

Et en disant cela Franville se préparait à ouvrir les portes.

« Un moment, un moment, dit Augustine, en empêchant d'ouvrir… vous allez publier notre aventure à toute la terre, je parie.

— Peut-être m'en amuserai-je.

— Que m'importe au reste, je suis Dieu merci au-dessus des

propos ; sortez, monsieur, sortez et dites tout ce qu'il vous plaira… Et l'arrêtant encore une fois… Savez-vous, dit-elle en souriant, que cette histoire est très extraordinaire… nous nous trompions tous deux.

— Ah ! l'erreur est bien plus cruelle, dit Franville, à des gens de mon goût qu'aux personnes du vôtre… et ce vide nous donne des répugnances…

— Par ma foi, mon cher, croyez que ce que vous nous offrez nous déplaît pour le moins autant, allez, les dégoûts sont égaux, mais l'aventure est fort plaisante, on ne peut s'empêcher d'en convenir… Retournerez-vous dans le bal ?

— Je ne sais.

— Pour moi je n'y rentre plus, dit Augustine… vous m'avez fait éprouver des choses… du désagrément… je vais me coucher.

— À la bonne heure.

— Mais voyez s'il sera seulement assez honnête pour me donner le bras jusque chez moi, je demeure à deux pas, je n'ai pas mon carrosse, il va me laisser là.

— Non, je vous accompagnerai volontiers, dit Franville, nos goûts ne nous empêchent pas d'être polis… voulez-vous ma main ?… la voilà.

— Je n'en profite que parce que je ne trouve pas mieux, au moins.

— Soyez bien assurée que pour moi, je ne vous l'offre que par honnêteté. »

On arrive à la porte de la maison d'Augustine et Franville se prépare à prendre congé. « En vérité vous êtes délicieux, dit Mlle de Villeblanche, eh quoi, vous me laissez dans la rue.

— Mille pardons, dit Franville… je n'osais pas.

— Ah ! comme ils sont bourrus ces hommes qui n'aiment pas les femmes !

— C'est que voyez-vous, dit Franville, en donnant pourtant le bras à Mlle de Villeblanche jusqu'à son appartement, voyez-vous, mademoiselle, je voudrais rentrer bien vite au bal et tâcher d'y réparer ma sottise.

— Votre sottise, vous êtes donc bien fâché de m'avoir trouvée ?

— Je ne dis pas cela, mais n'est-il pas vrai que nous pouvions l'un et l'autre trouver infiniment mieux ?

— Oui, vous avez raison, dit Augustine en entrant enfin chez elle, vous avez raison, monsieur, moi surtout… car je crains bien que cette funeste rencontre ne me coûte le bonheur de ma vie.

— Comment, vous n'êtes donc pas bien sûre de vos sentiments ?

— Je l'étais hier.

— Ah ! vous ne tenez pas à vos maximes.

— Je ne tiens à rien, vous m'impatientez.

— Eh bien, je sors, mademoiselle, je sors… Dieu me garde de vous gêner plus longtemps.

— Non, restez, je vous l'ordonne, pourrez-vous prendre sur vous d'obéir une fois dans votre vie à une femme ?

— Moi, dit Franville en s'asseyant par complaisance, il n'y a rien que je ne fasse, je vous l'ai dit, je suis honnête.

— Savez-vous qu'il est affreux à votre âge d'avoir des goûts aussi pervers ?

— Croyez-vous qu'il soit très décent au vôtre d'en avoir de si singuliers ?

— Oh, c'est bien différent, nous, c'est retenue, c'est pudeur… c'est orgueil même si vous le voulez, c'est crainte de se livrer à un sexe qui ne nous séduit jamais que pour nous maîtriser… Cependant les sens parlent, et nous nous dédommageons entre nous ; parvenons-nous à nous bien cacher, il en résulte un vernis de sagesse qui en impose souvent ; ainsi la nature est contente, la décence s'observe et les mœurs ne s'outragent point.

— Voilà ce qu'on appelle de beaux et bons sophismes, en s'y prenant ainsi on justifierait tout ; et que dites-vous là que nous ne puissions de même alléguer en notre faveur ?

— Pas du tout, avec des préjugés très différents vous ne devez pas avoir les mêmes frayeurs, votre triomphe est dans notre défaite… plus vous multipliez vos conquêtes, plus vous ajoutez à votre gloire, et vous ne pouvez vous refuser aux sentiments que nous faisons naître en vous que par vice ou dépravation.

— En vérité, je crois que vous allez me convertir.

— Je le voudrais.

— Qu'y gagneriez-vous tant que vous serez vous-même dans

l'erreur ?

— C'est une obligation que m'aura mon sexe, et comme j'aime les femmes, je suis bien aise de travailler pour elles. – Si le miracle s'opérait, ses effets ne seraient pas aussi généraux que vous avez l'air de le croire, je ne voudrais me convertir que pour une seule femme tout au plus… afin d'essayer.

— Le principe est honnête.

— C'est qu'il est bien certain qu'il y a un peu de prévention, je le sens, à prendre un parti sans avoir tout goûté.

— Comment, vous n'avez jamais vu de femme ?

— Jamais, et vous… posséderiez-vous par hasard des prémices aussi sûrs ?

— Oh, des prémices, non… les femmes que nous voyons sont si adroites et si jalouses qu'elles ne nous laissent rien… mais je n'ai connu d'homme de ma vie.

— Et c'est un serment fait ?

— Oui, je n'en veux jamais voir, ou n'en veux connaître qu'un aussi singulier que moi.

— Je suis désolé de n'avoir pas fait le même vœu.

— Je ne crois pas qu'il soit possible d'être plus impertinent… »

Et en disant ces mots Mlle de Villeblanche se lève et dit à Franville qu'il est le maître de se retirer. Notre jeune amant toujours de sens froid fait une profonde révérence et s'apprête à sortir. « Vous retournez au bal, lui dit sèchement Mlle de Villeblanche en le regardant avec un dépit mêlé du plus ardent amour.

— Mais oui, je vous l'ai dit, ce me semble.

— Ainsi vous n'êtes pas capable du sacrifice que je vous fais.

— Quoi, vous m'avez fait quelque sacrifice ?

— Je ne suis rentrée que pour ne plus rien voir après avoir eu le malheur de vous connaître.

— Le malheur ?

— C'est vous qui me forcez à me servir de cette expression, il ne tiendrait qu'à vous que j'en employasse une bien différente.

— Et comment arrangeriez-vous cela avec vos goûts ?

— Que n'abandonne-t-on pas quand on aime !

— Eh bien oui, mais il vous serait impossible de m'aimer.

— J'en conviens, si vous conserviez des habitudes aussi affreuses que celles que j'ai découvertes en vous.

— Et, si j'y renonçais ?

— J'immolerais à l'instant les miennes sur les autels de l'amour… Ah ! perfide créature, que cet aveu coûte à ma gloire, et que viens-tu de m'arracher, dit Augustine en larmes, en se laissant tomber sur un fauteuil.

— J'ai obtenu de la plus belle bouche de l'univers l'aveu le plus flatteur qu'il me fût possible d'entendre, dit Franville en se précipitant aux genoux d'Augustine… Ah ! cher objet de mon plus tendre amour, reconnaissez ma feinte et daignez ne la point punir ; c'est à vos genoux que j'en implore la grâce, j'y resterai jusqu'à mon pardon. Vous voyez près de vous, mademoiselle, l'amant le plus constant et le plus passionné ; j'ai cru cette ruse nécessaire pour vaincre un cœur dont je connaissais la résistance. Ai-je réussi, belle Augustine, refuserez-vous à l'amour sans vices ce que vous avez daigné faire entendre à l'amant coupable… coupable, moi… coupable de ce que vous avez cru… Ah ! pouviez-vous supposer qu'une passion impure pût exister dans l'âme de celui qui ne fut jamais enflammé que pour vous.

— Traître, tu m'as trompée… mais je te le pardonne… cependant tu n'auras rien à me sacrifier, perfide, et mon orgueil en sera moins flatté, eh bien, n'importe pour moi, je te sacrifie tout… Va, je renonce avec joie pour te plaire à des erreurs où la vanité nous entraîne presque aussi souvent que nos goûts.

Je le sens, la nature l'emporte, je l'étouffais par des travers que j'abhorre à présent de toute mon âme ; on ne résiste point à son empire, elle ne nous a créées que pour vous, elle ne vous forma que pour nous ; suivons ses lois, c'est par l'organe de l'amour même qu'elle me les inspire aujourd'hui, elles ne m'en deviendront que plus sacrées. Voilà ma main, monsieur, je vous crois homme d'honneur, et fait pour prétendre à moi. Si j'ai pu mériter de perdre un instant votre estime, à force de soins et de tendresse peut-être réparerai-je mes torts, et je vous forcerai de reconnaître que ceux de l'imagination ne dégradent pas toujours une âme bien née. »

Franville, au comble de ses vœux, inondant des larmes de sa joie les belles mains qu'il tient embrassées, se relève et se précipitant dans les bras qu'on lui ouvre : « Ô jour le plus fortuné de ma vie, s'écrie-t-il, est-il rien de comparable à mon triomphe, je ramène au sein des vertus le cœur où je vais régner pour toujours. » Franville embrasse mille et mille fois le divin objet de son amour et s'en sépare ; il fait savoir le lendemain son bonheur à tous ses amis. Mlle de Villeblanche était un trop bon parti pour que ses parents la lui refusassent, il l'épouse dans la même semaine. La tendresse, la confiance, la retenue la plus exacte, la modestie la plus sévère ont couronné son hymen, et en se rendant le plus heureux des hommes, il a été assez adroit pour faire de la plus libertine des filles, la plus sage et la plus vertueuse des femmes.

Il y a place pour deux

Une très jolie bourgeoise de la rue Saint-Honoré, d'environ vingt-deux ans, grasse, potelée, les chairs les plus fraîches et les plus appétissantes, toutes les formes moulées quoique un peu remplies, et qui joignait à tant d'appas de la présence d'esprit, de la vivacité, et le goût le plus vif pour tous les plaisirs que lui interdisaient les lois rigoureuses de l'hymen, s'était décidée depuis environ un an à donner deux aides à son mari qui, vieux et laid, lui déplaisait non seulement beaucoup, mais s'acquittait même aussi mal que rarement des devoirs qui peut-être, un peu mieux remplis, eussent pu calmer l'exigeante Dolmène ; ainsi s'appelait notre jolie bourgeoise. Rien de mieux arrangé que les rendez-vous qu'on indiquait à ces deux amants : Des-Roues, jeune militaire, avait communément de quatre à cinq heures du soir, et de cinq et demie à sept arrivait Dolbreuse, jeune négociant de la plus jolie figure qu'il fût possible de voir. Il était impossible de fixer d'autres instants, c'était les seuls où Mme Dolmène fût tranquille : le matin il fallait être à la boutique, le soir il fallait quelquefois y paraître de même, ou bien le mari revenait, et il fallait parler de ses affaires. D'ailleurs Mme Dolmène avait confié à une de ses amies qu'elle aimait assez que les instants de plaisirs se succédassent ainsi de fort près : les feux de l'imagination ne s'éteignaient pas, prétendait-elle, de cette manière, rien de si doux que de passer d'un plaisir à l'autre, on n'avait pas la peine de se remettre en train. Car Mme Dolmène était une charmante créature qui calculait au mieux toutes les sensations de l'amour ; fort peu de femmes les analysaient comme elle et c'était en raison de ses talents qu'elle avait reconnu que, toute réflexion faite, deux amants valaient beaucoup mieux qu'un ; relativement à la réputation cela devenait presque égal, l'un couvrait l'autre, on pouvait se tromper, ce pouvait être toujours le même qui allait et revenait plusieurs fois dans le jour, et relativement au plaisir, quelle différence !

Mme Dolmène qui craignait singulièrement les grossesses, bien sûre que son mari ne ferait jamais avec elle la folie de lui gâter la taille, avait également calculé qu'avec deux amants, il y avait beaucoup moins de risque pour ce qu'elle redoutait qu'avec un, parce que, disait-elle en assez bonne anatomiste, les deux fruits se détruisaient mutuellement.

Un certain jour, l'ordre établi dans les rendez-vous vint à se troubler, et nos deux amants qui ne s'étaient jamais vus, firent comme on va le voir connaissance assez plaisamment. Des-Roues était le premier mais il était venu trop tard, et comme si le diable s'en fût mêlé, Dolbreuse qui était le second, arriva un peu plus tôt.

Le lecteur plein d'intelligence voit tout de suite que de la combinaison de ces deux petits torts devait naître malheureusement une rencontre infaillible : aussi eut-elle lieu. Mais disons comment cela se passa et, si nous le pouvons, instruisons-en avec toute la décence et toute la retenue qu'exige une pareille matière déjà très licencieuse par elle-même.

Par un effet de caprice assez bizarre – mais on en voit tant chez les hommes – notre jeune militaire, las du rôle d'amant, voulut jouer un instant celui de maîtresse ; au lieu d'être amoureusement contenu dans les bras de sa divinité, il voulut la contenir à son tour : en un mot ce qui est dessous, il le mit dessus, et par ce revirement de partie, penchée sur l'autel où s'offrait ordinairement le sacrifice, c'était Mme Dolmène qui, nue comme la Vénus callipyge, se trouvant étendue sur son amant, présentait en face de la porte de la chambre où se célébraient les mystères ce que les Grecs adoraient dévotement dans la statue dont nous venons de parler, cette partie assez belle en un mot qui, sans aller chercher des exemples si loin, trouve tant d'adorateurs à Paris.

Telle était l'attitude, quand Dolbreuse, accoutumé à pénétrer sans résistance, arrive en fredonnant et voit pour perspective ce qu'une femme vraiment honnête ne doit, dit-on, jamais montrer.

Ce qui aurait fait grand plaisir à beaucoup de gens, fit reculer Dolbreuse. « Que vois-je, s'écria-t-il… traîtresse… est-ce donc là ce que tu me réserves ? » Mme Dolmène qui dans ce moment-là se trouvait dans une de ces crises où une femme agit infiniment mieux qu'elle ne raisonne, se résolvant à payer d'effronterie : « Que diable as-tu, dit-elle au second Adonis sans cesser de se livrer à l'autre, je ne vois rien là de trop chagrinant pour toi ; ne nous dérange pas, mon ami, et loge-toi dans ce qui te reste ; tu le vois bien, il y a place pour deux. » Dolbreuse ne pouvant s'empêcher de rire du sang-froid de sa maîtresse, crut que le plus simple était de suivre son avis, il ne se fit pas prier, et l'on prétend que tous trois y gagnèrent.

Dialogue entre un prêtre et un moribond

LE PRÊTRE – Arrivé à cet instant fatal où le voile de l'illusion ne se déchire que pour laisser à l'homme séduit le tableau cruel de ses erreurs et de ses vices, ne vous repentez-vous point, mon enfant, des désordres multipliés où vous ont emporté la faiblesse et la fragilité humaine ?

LE MORIBOND – Oui, mon ami, je me repens.

LE PRÊTRE – Eh bien, profitez de ces remords heureux pour obtenir du ciel, dans le court intervalle qui vous reste, l'absolution générale de vos fautes, et songez que ce n'est que par la médiation du très saint sacrement de la pénitence qu'il vous sera possible de l'obtenir de l'Éternel.

LE MORIBOND – Je ne t'entends pas plus que tu ne m'as compris.

LE PRÊTRE – Eh quoi !

LE MORIBOND – Je t'ai dit que je me repentais.

LE PRÊTRE – Je l'ai entendu.

LE MORIBOND – Oui, mais sans le comprendre.

LE PRÊTRE – Quelle interprétation… !

LE MORIBOND – La voici… Créé par la nature avec des goûts très vifs, avec des passions très fortes ; uniquement placé dans ce monde pour m'y livrer et pour les satisfaire, et ces effets de ma création n'étant que des nécessités relatives aux premières vues de la nature ou, si tu l'aimes mieux, que des dérivaisons essentielles à ses projets sur moi, tous en raison de ses lois, je ne me repens que de n'avoir pas assez reconnu sa toute-puissance, et mes uniques remords ne portent que sur le médiocre usage que j'ai fait des facultés (criminelles selon toi, toutes simples selon moi) qu'elle m'avait données pour la servir ; je lui ai quelquefois résisté, je m'en repens ; aveuglé par l'absurdité de tes systèmes, j'ai combattu par eux toute la violence des désirs, que j'avais reçus par une inspiration bien plus divine, et je m'en repens ; je n'ai moissonné que des fleurs, quand je pouvais faire une ample récolte de fruits…

Voilà les justes motifs de mes regrets ; estime-moi assez pour ne m'en pas supposer d'autres.

LE PRÊTRE – Où vous entraînent vos erreurs, où vous conduisent vos sophismes ! Vous prêtez à la chose créée toute la puissance du créateur, et ces malheureux penchants vous ont égaré, vous ne voyez pas qu'ils ne sont que des effets de cette nature corrompue, à laquelle vous attribuez la toute-puissance.

LE MORIBOND – Ami, il me paraît que ta dialectique est aussi fausse que ton esprit. Je voudrais que tu raisonnasses plus juste, ou que tu ne me laissasses mourir en paix. Qu'entends-tu par créateur, et qu'entends-tu par la nature corrompue ?

LE PRÊTRE – Le créateur est le maître de l'univers, c'est lui qui a tout fait, tout créé, et qui conserve tout par un simple effet de sa toute-puissance.

LE MORIBOND – Voilà un grand homme assurément ! Eh bien, dis-moi pourquoi cet homme-là, qui est si puissant, a pourtant fait selon toi une nature si corrompue.

LE PRÊTRE – Quel mérite eussent eu les hommes, si Dieu ne leur eût pas laissé leur libre arbitre ? et quel mérite eussent-ils eu à en jouir s'il n'y eût sur la terre la possibilité de faire le bien et celle d'éviter le mal ?

LE MORIBOND – Ainsi ton Dieu a voulu faire tout de travers, uniquement pour tenter ou pour éprouver sa créature ; il ne la connaissait donc pas, il ne se doutait donc pas du résultat ?

LE PRÊTRE – Il la connaissait sans doute, mais, encore un coup, il voulait lui laisser le mérite du choix.

LE MORIBOND – A quoi bon, dès qu'il savait le parti qu'elle prendrait et qu'il ne tenait qu'à lui, puisque tu le dis tout-puissant, qu'il ne tenait qu'à lui, dis-je, de lui faire prendre le bon !

LE PRÊTRE – Qui peut comprendre les vues immenses et infinies de Dieu sur l'homme, et qui peut comprendre tout ce que nous voyons ?

LE MORIBOND – Celui qui simplifie les choses, mon ami, celui surtout qui ne multiplie pas les causes, pour mieux embrouiller les effets. Qu'as-tu besoin d'une seconde difficulté, quand tu ne peux pas expliquer la première ? et dès qu'il est possible que la nature toute seule ait fait ce que tu attribues à ton dieu, pourquoi veux-tu lui aller chercher un maître ? La cause de ce que tu ne comprends pas est peut-être la chose du monde la plus simple. Perfectionne ta physique, et tu comprendras mieux la nature ; épure ta raison, bannis tes préjugés, et tu n'auras plus besoin de ton dieu.

LE PRÊTRE – Malheureux ! je ne te croyais que socinien, j'avais des armes pour te combattre, mais je vois bien que tu est athée, et dès que ton cœur se refuse à l'immensité des preuves authentiques que nous recevons chaque jour de l'existence du créateur, je n'ai plus rien à te dire. On ne rend point la lumière à un aveugle.

LE MORIBOND – Mon ami, conviens d'un fait : c'est que celui des deux qui l'est le plus doit assurément être plutôt celui qui se met un bandeau que celui qui se l'arrache. Tu édifies, tu inventes, tu multiplies : moi je détruis, je simplifie. Tu ajoutes erreurs sur erreurs : moi je les combats toutes. Lequel de nous deux est aveugle ?

LE PRÊTRE – Vous ne croyez donc point en Dieu ?

LE MORIBOND – Non. Et cela pour une raison bien simple : c'est qu'il est parfaitement impossible de croire ce qu'on ne comprend pas.

Entre la compréhension et la foi, il doit exister des rapports immédiats ; la compréhension n'agit point, la foi est morte, et ceux qui, dans tel cas, prétendraient en avoir, en imposent. Je te défie toi-même de croire au dieu que tu me prêches, parce que tu ne saurais me le démontrer, parce qu'il n'est pas en toi de me le définir, que par conséquent tu ne le comprends pas, que, dès que tu ne le comprends pas, tu ne peux plus m'en fournir aucun argument raisonnable, et qu'en un mot tout ce qui est au-dessus des bornes de l'esprit humain, est ou chimère ou inutilité ; que ton dieu ne pouvant être l'une ou l'autre de ces choses, dans le premier cas je serais un fou d'y croire, un imbécile dans le second.

Mon ami, prouve-moi l'inertie de la matière, et je t'accorderai le créateur ; prouve-moi que la nature ne se suffit pas à elle-même, et je te permettrai de lui supposer un maître. Jusque-là n'attends rien de moi, je ne me rends qu'à l'évidence, et je ne la reçois que de mes sens ; où ils s'arrêtent ma foi reste sans force. Je crois le soleil parce que je le vois ; je le conçois comme le centre de réunion de toute la matière inflammable de la nature, sa marche périodique me plaît sans m'étonner. C'est une opération de physique peut-être aussi simple que celle de l'électricité, mais qu'il ne nous est pas permis de comprendre. Qu'ai-je besoin d'aller plus loin ? Lorsque tu m'auras échafaudé ton dieu au-dessus de cela, en serai-je plus avancé, et ne me faudra-t-il pas encore autant d'effort pour comprendre l'ouvrier que pour définir l'ouvrage ?

Par conséquent, tu ne m'as rendu aucun service par l'édification de ta chimère, tu as troublé mon esprit, mais tu ne l'as pas éclairé et je ne te dois que de la haine au lieu de reconnaissance.

Ton dieu est une machine que tu as fabriquée pour servir tes passions, et tu l'as fait mouvoir à leur gré, mais dès qu'elle gêne les miennes, trouve bon que je l'aie culbutée ; et dans l'instant où mon âme faible a besoin de calme et de philosophie, ne viens pas l'épouvanter de tes sophismes, qui l'effraieraient sans la convaincre, qui l'irriteraient sans la rendre meilleure ; elle est, mon ami, cette âme, ce qu'il a plu à la nature qu'elle soit, c'est-à-dire le résultat des organes qu'elle s'est plu de me former en raison de ses vues et de ses besoins ; et, comme elle a un égal besoin de vices et de vertus, quand il lui a plu de me porter aux premiers, elle l'a fait, quand elle a voulu les secondes, elle m'en a inspiré les désirs, et je m'y suis livré tout de même. Ne cherche que ses lois pour unique cause à notre inconséquence humaine, et ne cherche à ses lois d'autres principes que ses volontés et ses besoins.

LE PRÊTRE – Ainsi donc tout est nécessaire dans le monde.

LE MORIBOND – Assurément.

LE PRÊTRE – Mais si tout est nécessaire, tout est donc réglé.

LE MORIBOND – Qui te dit le contraire ?

LE PRÊTRE – Et qui peut régler tout comme il l'est, si ce n'est une main toute-puissante et toute sage ?

LE MORIBOND – N'est-il pas nécessaire que la poudre s'enflamme quand on y met le feu ?

LE PRÊTRE – Oui.

LE MORIBOND – Et quelle sagesse trouves-tu à cela ?

LE PRÊTRE – Aucune.

LE MORIBOND – Il est donc possible qu'il y ait des choses nécessaires sans sagesse, et possible, par conséquent, que tout dérive d'une cause première, sans qu'il y ait ni raison ni sagesse dans cette première cause.

LE PRÊTRE – Où voulez-vous en venir ?

LE MORIBOND – À te prouver que tout peut être ce qu'il est et ce que tu le vois, sans qu'aucune cause sage et raisonnable le conduise, et que des effets naturels doivent avoir des causes naturelles, sans qu'il soit besoin de leur en supposer d'antinaturelles, telle que le serait ton dieu qui lui-même, ainsi que je te l'ai déjà dit, aurait besoin d'explication, sans en fournir aucune ; et que par conséquent dès que ton dieu n'est bon à rien, il est parfaitement inutile ; qu'il y a grande apparence que ce qui est inutile est nul et que tout ce qui est nul est néant. Ainsi, pour me convaincre que ton dieu est une chimère, je n'ai besoin d'aucun autre raisonnement que celui qui me fournit la certitude de son inutilité.

LE PRÊTRE – Sur ce pied-là, il me paraît peu nécessaire de vous parler de religion.

LE MORIBOND – Pourquoi pas ? Rien ne m'amuse comme la preuve de l'excès où les hommes ont pu porter sur ce point-là le fanatisme et l'imbécillité. Ce sont de ces espèces d'écarts si prodigieux, que le tableau, selon moi, quoique horrible, en est toujours intéressant. Réponds avec franchise, et surtout bannis l'égoïsme. Si j'étais assez faible que de me laisser surprendre à tes ridicules systèmes sur l'existence fabuleuse de l'être qui rend la religion nécessaire, sous quelle forme me conseillerais-tu de lui offrir un culte ? Voudrais-tu que j'adoptasse les rêveries de Confucius plutôt que les absurdités de Brahma ? adorerais-je le grand serpent des nègres, l'astre des Péruviens, ou le dieu des armées de Moïse ? à laquelle des sectes de Mahomet voudrais-tu que je me rendisse ? ou quelle hérésie de chrétiens serait selon toi préférable ? Prends garde à ta réponse.

LE PRÊTRE – Peut-elle être douteuse ?

LE MORIBOND – La voilà donc égoïste.

LE PRÊTRE – Non, c'est t'aimer autant que moi que de te conseiller ce que je crois.

LE MORIBOND – Et c'est nous aimer bien peu tous deux que d'écouter de pareilles erreurs.

LE PRÊTRE – Eh ! qui peut s'aveugler sur les miracles de notre divin rédempteur ?

LE MORIBOND – Celui qui ne voit en lui que le plus ordinaire de tous les fourbes et le plus plat de tous les imposteurs.

LE PRÊTRE – Ô dieux, vous l'entendez et vous ne tonnez pas !

LE MORIBOND – Non, mon ami, tout est en paix, parce que ton dieu, soit impuissance, soit raison, soit tout ce que tu voudras enfin dans un être que je n'admets un moment que par condescendance pour toi, ou si tu l'aimes mieux pour me prêter à tes petites vues, parce que ce dieu, dis-je, s'il existe comme tu as la folie de le croire, ne peut pas pour nous convaincre avoir pris des moyens aussi ridicules que ceux que ton Jésus suppose.

LE PRÊTRE – Eh quoi ! les prophéties, les miracles, les martyrs, tout cela ne sont pas des preuves ?

LE MORIBOND – Comment veux-tu en bonne logique que je puisse recevoir comme preuve tout ce qui en a besoin soi-même ? Pour que la prophétie devînt preuve, il faudrait d'abord que j'eusse la certitude complète qu'elle a été faite. Or, cela étant consigné dans l'histoire, ne peut plus avoir pour moi d'autre force que tous les autres faits historiques, dont les trois quarts sont fort douteux. Si à cela j'ajoute encore l'apparence plus que vraisemblable qu'ils ne me sont transmis que par des historiens intéressés, je serai comme tu vois plus qu'en droit de douter.

Qui m'assurera d'ailleurs que cette prophétie n'a pas été l'effet de la combinaison de la plus simple politique, comme celle qui voit un règne heureux sous un roi juste, ou de la gelée dans l'hiver ? Et si tout cela est, comment veux-tu que la prophétie, ayant un tel besoin d'être prouvée, puisse elle-même devenir une preuve ?

À l'égard de tes miracles, ils ne m'en imposent pas davantage.

Tous les fourbes en ont fait, et tous les sots en ont cru. Pour me persuader de la vérité d'un miracle, il faudrait que je fusse bien sûr que l'événement que vous appelez tel fût absolument contraire aux lois de la nature, car il n'y a que ce qui est hors d'elle qui puisse passer pour miracle : et qui la connaît assez pour oser affirmer que tel est précisément le point où elle s'arrête et précisément celui où elle est enfreinte ? Il ne faut que deux choses pour accréditer un prétendu miracle : un bateleur et des femmelettes. Va, ne cherche jamais d'autre origine aux tiens, tous les nouveaux sectateurs en ont fait, et ce qui est plus singulier, tous ont trouvé des imbéciles qui les ont crus. Ton Jésus n'a rien fait de plus singulier qu'Apollonius de Thyane, et personne pourtant ne s'avise de prendre celui-ci pour un dieu. Quant à tes martyrs, ce sont bien assurément les plus débiles de tous tes arguments. Il ne faut que de l'enthousiasme et de la résistance pour en faire, et tant que la cause opposée m'en offrira autant que la tienne, je ne serai jamais suffisamment autorisé à en croire une meilleure que l'autre, mais très porté en revanche à les supposer toutes les deux pitoyables.

Ah ! mon ami, s'il était vrai que le dieu que tu prêches existât, aurait-il besoin de miracles, de martyrs et de prophéties pour établir son empire ? Et si, comme tu le dis, le cœur de l'homme était son ouvrage, ne serait-ce pas là le sanctuaire qu'il aurait choisi pour sa loi ?

Cette loi égale, puisqu'elle émanerait d'un dieu juste, s'y trouverait d'une manière irrésistible également gravée dans tous et d'un bout de l'univers à l'autre ; tous les hommes, se ressemblant par cet organe délicat et sensible, se ressembleraient également par l'hommage qu'ils rendraient au dieu de qui ils le tiendraient ; tous n'auraient qu'une façon de l'aimer, tous n'auraient qu'une façon de l'adorer ou de le servir et il leur deviendrait aussi impossible de méconnaître ce dieu que de résister au penchant de son culte. Que vois-je au lieu de cela dans l'univers ? Autant de dieux que de pays, autant de manières de servir ces dieux que de différentes têtes ou de différentes imaginations. Et cette multiplicité d'opinions dans laquelle il m'est physiquement impossible de choisir serait, selon toi, l'ouvrage d'un dieu juste ?

Va, prédicant, tu l'outrages, ton dieu, en me le présentant de la sorte ; laisse-moi le nier tout à fait, car s'il existe, alors je l'outrage bien moins par mon incrédulité que toi par tes blasphèmes. Reviens à la raison, prédicant : ton Jésus ne vaut pas mieux que Mahomet, Mahomet pas mieux que Moïse, et tous les trois pas mieux que Confucius, qui pourtant dicta quelques bons principes pendant que les trois autres déraisonnaient. Mais en général tous ces gens-là ne sont que des imposteurs, dont le philosophe s'est moqué, que la canaille a crus et que la justice aurait dû faire pendre.

LE PRÊTRE – Hélas ! elle ne l'a que trop fait pour l'un des quatre.

LE MORIBOND – C'est celui qui le méritait le mieux. Il était séditieux, turbulent, calomniateur, fourbe, libertin, grossier farceur et méchant dangereux, possédait l'art d'en imposer au peuple, et devenait par conséquent punissable dans un royaume en l'état où se trouvait alors celui de Jérusalem.

Il a donc été très sage de s'en défaire, et c'est peut-être le seul cas où mes maximes, extrêmement douces et tolérantes d'ailleurs, puissent admettre la sévérité de Thémis. J'excuse toutes les erreurs, excepté celles qui peuvent devenir dangereuses dans le gouvernement où l'on vit ; les rois et leurs majestés sont les seules choses qui m'en imposent, les seules que je respecte, et qui n'aime pas son pays et son roi n'est pas digne de vivre.

LE PRÊTRE – Mais enfin vous admettez bien quelque chose après cette vie ? Il est impossible que votre esprit ne se soit pas quelquefois plu à percer l'épaisseur des ténèbres du sort qui nous attend : et quel système peut l'avoir mieux satisfait que celui d'une multitude de peines pour celui qui vit mal et d'une éternité de récompenses pour celui qui vit bien ?

LE MORIBOND – Quel, mon ami ? celui du néant. Jamais il ne m'a effrayé, et je n'y vois rien que de consolant et de simple ; tous les autres sont l'ouvrage de l'orgueil, celui-là seul l'est de la raison. D'ailleurs il n'est ni affreux ni absolu, ce néant. N'ai-je pas sous mes yeux l'exemple des générations et régénérations perpétuelles de la nature ? Rien ne périt, mon ami, rien ne se détruit dans le monde ; aujourd'hui homme, demain ver, après-demain mouche, n'est-ce pas toujours exister ? Eh ! pourquoi veux-tu que je sois récompensé de vertus auxquelles je n'ai nul mérite, ou puni de crimes dont je n'ai pas été le maître ? Peux-tu accorder la bonté de ton prétendu dieu avec ce système et peut-il avoir voulu me créer pour se donner le plaisir de me punir, et cela seulement en conséquence d'un choix dont il ne me laisse pas le maître ?

LE PRÊTRE – Vous l'êtes.

LE MORIBOND – Oui, selon tes préjugés ; mais la raison les détruit, et le système de la liberté de l'homme ne fut jamais inventé que pour fabriquer celui de la grâce, qui devenait si favorable à vos rêveries.

Quel est l'homme au monde qui, voyant l'échafaud à côté du crime, le commettrait, s'il était libre de ne pas le commettre ? Nous sommes entraînés par une force irrésistible, et jamais un instant les maîtres de pouvoir nous déterminer pour autre chose que pour le côté vers lequel nous sommes inclinés. Il n'y a pas une seule vertu qui ne soit nécessaire à la nature, et réversiblement, pas un seul crime dont elle n'ait besoin, et c'est dans le parfait équilibre qu'elle maintient des uns et des autres, que consiste toute sa science. Mais pouvons-nous être coupables du côté dans lequel elle nous jette ? Pas plus que ne l'est la guêpe qui vient darder son aiguillon dans ta peau.

LE PRÊTRE – Ainsi donc le plus grand de tous les crimes ne doit nous inspirer aucune frayeur ?

LE MORIBOND – Ce n'est pas là ce que je dis : il suffit que la loi le condamne, et que le glaive de la justice le punisse, pour qu'il doive nous inspirer de l'éloignement ou de la terreur, mais, dès qu'il est malheureusement commis, il faut savoir prendre son parti, et ne pas se livrer au stérile remords. Son effet est vain, puisqu'il n'a pas pu nous en préserver, nul, puisqu'il ne le répare pas : il est donc absurde de s'y livrer, et plus absurde encore de craindre d'en être puni dans l'autre monde, si nous sommes assez heureux que d'avoir échappé de l'être en celui-ci. À Dieu ne plaise que je veuille par là encourager au crime ! Il faut assurément l'éviter tant qu'on le peut, mais c'est par raison qu'il faut savoir le fuir, et non par de fausses craintes qui n'aboutissent à rien et dont l'effet est sitôt détruit dans une âme un peu ferme. La raison, mon ami, oui, la raison toute seule doit nous avertir que de nuire à nos semblables ne peut jamais nous rendre heureux, et que notre cœur, que de contribuer à leur félicité, est la plus grande pour nous que la nature nous ait accordé sur la terre.

Toute la morale humaine est renfermée dans ce seul mot : rendre les autres aussi heureux que l'on désire de l'être soi-même et ne leur jamais faire plus de mal que nous n'en voudrions recevoir. Voilà, mon ami, voilà les seuls principes que nous devions suivre, et il n'y a besoin ni de religion, ni de dieu pour goûter et admettre ceux-là : il n'est besoin que d'un bon cœur.

Mais je sens que je m'affaiblis, prédicant ; quitte tes préjugés, sois homme, sois humain, sans crainte et sans espérance ; laisse là tes dieux et tes religions ; tout cela n'est bon qu'à mettre le fer à la main des hommes, et le seul nom de toutes ces horreurs a plus fait verser de sang sur la terre que toutes les autres guerres et les autres fléaux à la fois. Renonce à l'idée d'un autre monde, il n'y en a point ; mais ne renonce pas au plaisir d'être heureux et d'en faire en celui-ci. Voilà la seule façon que la nature t'offre de doubler ton existence ou de l'étendre… Mon ami, la volupté fut toujours le plus cher de mes biens ; je l'ai encensée toute ma vie, et j'ai voulu la terminer dans ses bras : ma fin approche, six femmes plus belles que le jour sont dans ce cabinet voisin, je les réservais pour ce moment-ci ; prends-en ta part, tâche d'oublier sur leurs seins, à mon exemple, tous les vains sophismes de la superstition, et toutes les imbéciles erreurs de l'hypocrisie.

NOTE

Le moribond sonna, les femmes entrèrent, et le prédicant devint dans leur bras un homme corrompu par la nature, pour n'avoir pas su expliquer ce que c'était que la nature corrompue.

FIN